TERRE D'EXIL

LES ROYAUMES OUBLIÉS
AU FLEUVE NOIR

La trilogie de l'Elfe Noir
4. Terre Natale
5. Terre d'Exil
6. Terre Promise
par R.A. Salvatore

La trilogie des héros de Phlan
7. La Fontaine de Lumière
8. Les Fontaines de Ténèbres
9. La Fontaine de Pénombre
par J.M. Ward, J. Cooper Hong, Anne K. Brown

10. Magefeu
par Ed Greenwood

La trilogie de la Pierre du Trouveur
11. Les Liens d'azur
12. L'Éperon de Wiverne
13. Le Chant des Saurials
par Jeff Grubb et Kate Novak

14. La Couronne de feu
par Ed Greenwood

La trilogie du Val Bise
15. L'Éclat de Cristal
16. Les torrents d'argent
17. Le joyau du petit homme
par R.A. Salvatore

La trilogie du Retour aux Sources
18. Les revenants du fond du gouffre
19. La nuit éteinte
20. Les compagnons du renouveau
par R.A. Salvatore

21. Le prince des mensonges
par James Lowder

La pentalogie du clerc
22. Cantique
23. A l'ombre des forêts
24. Les Masques de la Nuit
25. La forteresse déchue
26. Chaos cruel
par R.A. Salvatore

27. Elminster : la jeunesse d'un mage
par Ed Greenwood

TERRE D'EXIL

par

R.A. SALVATORE

FLEUVE NOIR

Titre original :
Exile

Traduit de l'américain
par Michèle Zachayus

Collection dirigée par Patrice Duvic
et
Jacques Goimard

Royaumes Oubliés et le logo TSR sont des marques déposées par TSR, Inc.

Le Code de la propriété intellectuelle n'autorisant, aux termes de l'article L. 122-5, 2° et 3° a), d'une part, que « les copies ou reproductions strictement réservées à l'usage privé du copiste et non destinées à une utilisation collective » et, d'autre part, que les analyses et les courtes citations dans un but d'exemple ou d'illustration, « toute représentation ou reproduction intégrale ou partielle, faite sans le consentement de l'auteur ou de ses ayants droit ou ayants cause, est illicite » (art. L.122-4).
Cette représentation ou reproduction, par quelque procédé que ce soit, constituerait donc une contrefaçon sanctionnée par les articles L.335-2 et suivants du Code de la propriété intellectuelle.

© 1990, 1997 TSR, Inc. Tous droits réservés.
TSR Stock N°. 8482
ISBN : 2-265-00215-1
ISSN : 1257-9920

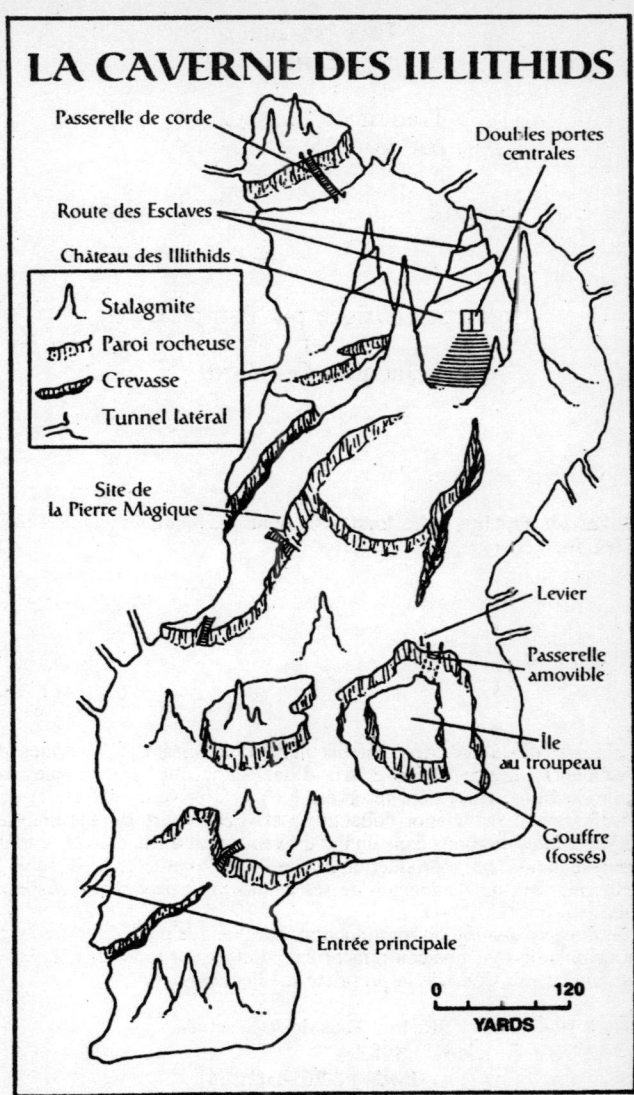

PROLOGUE

Le monstre arpentait les tunnels silencieux d'Ombre-Terre ; ses huit pattes couvertes d'écailles éraflaient parfois la pierre. La bête ne s'inquiétait pas des échos qui trahissaient sa présence. Elle ne se hâtait pas pour se mettre à l'abri des griffes de quelque autre prédateur. Même au milieu des dangers d'Ombre-Terre, elle était sûre de vaincre n'importe quel ennemi. Son haleine charriait de mortels poisons, ses griffes marquaient la roche de profonds sillons et les rangées de dents pointues qui *ornaient* sa vilaine gueule pouvaient déchiqueter la peau la plus épaisse. Pire encore, son regard, celui d'un basilic, *pétrifiait* les vivants qui croisaient son chemin.

Gigantesque, épouvantable, cette créature comptait parmi les plus grandes de sa race. La peur lui était étrangère.

Le chasseur observait le basilic, l'intrus qui violait son territoire. De son souffle empoisonné, le monstre avait tué plusieurs de ses rothes - des animaux domestiques qui amélioraient son ordinaire. Le reste du troupeau avait fui à l'aveuglette. Le chasseur doutait de jamais revoir ses bêtes.

Il était furieux.

Il regarda le monstre s'introduire dans un étroit passage, ainsi qu'il l'avait prévu. Il fit glisser ses armes dans leur fourreau, gagnant en assurance chaque fois qu'il vérifiait leur équilibre. Il les possédait depuis l'enfance ; après trois décennies, elles ne portaient qu'une légère patine. L'heure était venue d'en user à nouveau.

Il guetta le bruit qui donnerait le signal de l'action.

Un grognement alerta le basilic. Intrigué, il scruta les environs, même si sa vue portait à peine au-delà de quelques mètres. Il se ramassa sur lui-même, guettant celui qui le défiait et qui allait mourir.

Loin derrière, émergeant d'une anfractuosité, le chasseur courut à une vitesse effarante le long des avancées rocheuses. Vêtu de son manteau magique, le *piwafwi*, il était invisible et silencieux.

Dans un silence total, il chargea.

De nouveau le grondement s'éleva, sans se rapprocher. Impatient, le monstre avança un peu. Passant sous une arche de pierre, la tête abominable disparut dans un globe de ténèbres absolues. Comme l'avait prévu le chasseur, le basilic s'arrêta net et recula.

Au même instant, l'homme bondit. Avant d'atteindre sa proie, il avait effectué trois opérations : auréoler la tête du monstre de bleu et de pourpre éclatants, baisser sa capuche, car il n'avait pas besoin d'y voir pour combattre - surtout un basilic - et tirer ses cimeterres. Puis il atterrit sur le dos écaillé, qu'il remonta jusqu'à la tête.

Le basilic réagit aussitôt ; l'auréole le rendait vulnérable. Mais avant qu'il puisse se retourner, une lame s'enfonça dans son œil. La créature se dressa et se tordit pour tenter d'atteindre son agresseur, fouettant l'air de son haleine toxique.

Le chasseur fut plus rapide. Il se cramponna à la nuque du monstre, hors de portée du souffle mortel. Son second cimeterre s'enfonça dans l'autre œil. Le chasseur se déchaîna.

Le basilic était l'intrus ; il avait tué ses rothes ! Une pluie de coups s'abattit sur la tête, fit gicler les écailles et fouailla sa chair tendre dès qu'elle fut mise à nu.

Comprenant le danger, le monstre crut pourtant qu'il gagnerait. Il avait *toujours* gagné. Si seulement il pouvait diriger ses exhalaisons fatales sur son agresseur !

Un second ennemi resté à l'écart bondit à cet instant sur la gueule auréolée de flammes. La panthère était une entité surnaturelle, invulnérable aux armes matérielles ; elle attaqua sans se soucier des vapeurs toxiques. Ses griffes creusèrent de profonds sillons dans les gencives du basilic qui découvrit le goût de son propre sang.

Les cimeterres s'abattaient sans relâche sur sa tête, poussant la bête vers le noir de la mort. Bien après sa fin, les lames continuaient encore leur macabre martèlement.

En fin l'homme releva sa capuche et inspecta la masse informe de chair et de sang. Il brandit ses armes avec un cri d'exultation.

Il était le chasseur et c'était son domaine !

Puis il croisa le regard de son compagnon, qui le rattachait seul à l'existence civilisée qu'il avait menée autrefois, et il eut honte.

— Viens, Guenhwyvar, murmura-t-il, rengainant ses cimeterres.

Il savoura le son de sa propre voix, la dernière qu'il entendît encore après une décennie de solitude.

Les mots lui étaient de plus en plus étrangers ; perdait-il cette faculté aussi ? C'était une de ses grandes peurs, car sans la voix, il ne pourrait plus appeler sa panthère.

Alors la solitude serait totale.

Le long des méandres silencieux d'Ombre-Terre se glissaient, sans un bruit, le chasseur et son félin. Ensemble, ils avaient affronté les dangers de ce monde. Ensemble, ils avaient appris à survivre. Mais nul sourire n'éclairait le visage du chasseur vainqueur. Il ne craignait plus ses ennemis ; était-ce de l'assurance, ou de l'apathie ?

Peut-être ne suffisait-il pas de survivre.

PREMIÈRE PARTIE

LE CHASSEUR

Je me souviens du jour où j'ai quitté ma ville natale. Devant moi s'étendait Ombre-Terre, une vie d'aventures et de frissons, gorgée de promesses à m'en faire palpiter le cœur. Je quittai Menzoberranzan en croyant pouvoir mener ma vie en accord avec mes principes. J'avais Guenhwyvar à mon côté, mes cimeterres à la ceinture. L'avenir m'appartenait.

Mais ce jeune Drow, qui partit de Menzoberranzan en ce jour fatidique, abordant à peine la trentaine, ne savait rien de réel sur le temps, de sa façon de ralentir quand on ne le partage plus avec d'autres. Cet âge est exubérant : j'avais hâte de vivre des siècles.

Mais comment mesurer des siècles quand une heure semble un jour et un jour une année ?

Au-delà des cités d'Ombre-Terre, il y a de la nourriture pour ceux qui savent chercher, et de la sécurité pour ceux qui savent se cacher. Et plus que toute autre chose, au-delà des cités d'Ombre-Terre, il y a de la solitude.

Quand je fus pour de bon une créature de ces tunnels déserts, ma survie devint à la fois plus difficile et plus aisée. Ma résistance physique s'améliora ; mon expérience des dangers s'affermit assez pour assurer ma survie. Je pouvais vaincre à peu près toute créature empiétant sur mon territoire ; des autres, je n'avais pas de mal à passer inaperçu. Pourtant il ne me fallut pas longtemps pour découvrir qu'une némésis me suivrait où que j'aille. Et plus je fuyais, plus elle resserrait son étau invisible. Mon ennemie avait pour nom solitude : un silence interminable, que rien, dans ces corridors ouatés, ne venait jamais rompre.

Après toutes ces années, je suis stupéfait des changements que j'ai subis en menant une telle existence. Chaque être doué de raison forge son identité en communiquant avec ceux qui l'entourent. Sans ce lien, j'étais perdu. Quand je quittai Menzoberranzan, j'avais décidé que ma vie se fonderait sur des principes moraux inflexibles. Au bout de quelques mois, le seul but de ma survie, c'était ma vie. J'étais devenu une créature d'instinct et de ruse, sans la moindre réflexion ; j'utilisais mes capacités mentales pour orchestrer la mise à mort suivante.

Guenhwyvar m'a sauvé. Ce compagnon qui m'a tiré des griffes d'un grand nombre de monstres m'a arraché au néant - un ennemi moins spectaculaire peut-être, mais pas moins fatal. Je me surprenais à ne plus vivre que pour les instants où le félin déambulait à mon côté, où un autre être vivant dressait les oreilles aux paroles que je me forçais (non sans peine) à prononcer. Guenhwyvar devint aussi mon horloge, car je savais qu'il venait du plan astral environ tous les deux jours pour une demi-journée.

Très vite, je me rendis compte que ce quart de mon temps m'était essentiel. Sans Guenhwyvar, je n'aurais pas trouvé la force de continuer à vivre ainsi.

Même avec ce compagnon auprès de moi, je développais des sentiments de plus en plus ambivalents sur le combat. Dans le secret de mes pensées, j'espérais qu'un monstre aurait le dessus un jour. Les lacérations des crocs et des griffes seraient-elles plus douloureuses que le silence et le néant ?

Je ne le pensais pas.

Drizzt Do'Urden.

CHAPITRE PREMIER

CADEAU D'ANNIVERSAIRE

Dans l'obscure antichambre jouxtant la grande chapelle, Matrone Malice Do'Urden s'agitait nerveusement sur son trône. Pour les elfes noirs, qui mesuraient le temps par décennies, ce jour était à marquer d'une pierre blanche : c'était le dixième anniversaire du conflit larvé entre la famille Do'Urden et la Maison Hun'ett. Matrone Malice ne manquait jamais une occasion : cette fois, elle s'apprêtait à faire parvenir à ses ennemis un cadeau très spécial.

La grande et puissante Briza Do'Urden, sa fille aînée, arpentait l'antichambre.

— Ce devrait être fini maintenant, gronda-t-elle, flanquant un coup de pied à un tabouret.

— Patience, ma fille. Jarlaxle est prudent. (Briza se détourna.) Tu ne les portes pas dans ton cœur, lui et sa bande.

— Ce sont des gredins sans noblesse, cracha-t-elle. Ils n'ont rien à faire à Menzoberranzan. Ils perturbent l'ordre naturel de notre société. Et ce sont des mâles !

— Ils nous sont utiles.

Briza aurait voulu objecter que les mercenaires coûtaient cher, mais elle choisit sagement de se taire. Dès le début du conflit, toutes deux avaient été en désaccord.

— Sans Bregan D'aerthe, nous ne pourrions agir contre nos ennemis, poursuivit Malice. Utiliser des mercenaires, des gredins sans noblesse comme tu les appelles, nous permet de livrer cette guerre sans nous compromettre.

— Alors pourquoi ne pas en finir ? insista Briza. Nous tuons leurs soldats, ils tuent les nôtres. Et pendant ce temps, nous recrutons ! Ça n'aura jamais de fin ! Les seuls bénéficiaires de ce conflit sont les mercenaires de Bregan D'aerthe - et ceux d'en face -, qui se servent à pleines mains dans les coffres de nos deux Maisons !

— Surveille tes propos, ma fille, gronda Malice. Tu parles à une Mère Matrone.

— Nous aurions dû les attaquer tout de suite, la nuit où Zaknafein fut sacrifié !

— Tu oublies les actes de ton frère cadet, cette même nuit.

Malice se trompait. Dût-elle vivre un millénaire de plus, Briza n'oublierait jamais comment Drizzt avait renié sa famille. Entraîné par Zaknafein, le favori de Malice et le meilleur maître d'armes de Menzoberranzan, Drizzt était parvenu à une parfaite maîtrise des armes. Mais Zak lui avait également inculqué une philosophie blasphématoire que Lloth, la Déesse Araignée des elfes noirs, ne tolérait pas. Les attitudes sacrilèges de Drizzt avaient fini par lui valoir les foudres de Lloth, qui avait exigé sa mort.

Impressionnée par le potentiel de Drizzt, Malice avait osé offrir à Lloth le cœur de Zak en expiation des crimes de son fils. Le maître d'armes disparu, elle pensait que le jeune homme rentrerait dans le rang.

L'ingrat les avait trahis ; il s'était enfui dans Ombre-Terre, privant la Maison Do'Urden de son futur maître d'armes, et lui coûtant le soutien de Lloth. Résultat désastreux de tout cela : la Maison Do'Urden avait perdu son ancien maître d'armes, la faveur de Lloth, et son *nouveau* maître d'armes. Ce n'avait pas été un bon jour.

Heureusement, la Maison Hun'ett avait subi des revers similaires, perdant ses deux sorciers dans une tentative d'assassinat contre Drizzt. Les deux clans ainsi affaiblis et tombés en disgrâce, la guerre attendue s'était muée en une série de raids sournois.

Briza n'oublierait jamais.

Dinin entra, tirant les deux prêtresses de leurs sombres réminiscences.

— Salutations, Mère Matrone, commença le fils aîné de Malice avec une révérence.

Le sourire qu'il ne put retenir était éloquent.

— Jarlaxle est revenu ! exulta Malice.

Le mercenaire entra. L'excentricité de ses manières étonnait toujours Briza.

Presque tous les elfes noirs de Menzoberranzan s'habillaient de façon pratique et discrète, de tuniques arborant le symbole de la Reine Araignée, ou de cottes de mailles cachées sous les plis du manteau magique de camouflage, le *piwafwi*.

Arrogant, insolent, Jarlaxle se pliait peu aux coutumes admises. La norme n'était pas pour lui ; crânement, il affichait sa différence. Il ne portait ni manteau ni toge, mais une cape d'un chamoiré étincelant, visible à la lumière et détectable dans l'obscurité, par l'infravision. Quelle magie recélait cette cape, nul n'aurait su le dire, mais ses proches laissaient entendre que c'était une pièce unique.

Son gilet sans manches était coupé si haut que son abdomen musculeux s'offrait à la vue de tous. Il gardait un bandeau sur un œil - décoratif, sans doute, puisqu'il le changeait de place à l'occasion.

— Ma chère Briza, souffla-t-il, devant l'attitude dédaigneuse de celle-ci.

Il fit une révérence, tirant son chapeau à large bords avec panache - une autre excentricité. D'autant plus que la coiffe était ornée de monstrueuses plumes de *diatryma*, un gigantesque volatile d'Ombre-Terre.

Briza se détourna à la vue du crâne chauve. L'épaisse chevelure blanche des elfes noirs était un signe de statut, chaque coupe étant conçue pour révéler le rang et l'affiliation. Jarlaxle le brigand allait le crâne nu, comme une boule d'onyx.

Avec ses bijoux clinquants et ses bottes noires luisantes, il se tourna vers Malice, un sourire aux lèvres.

— Est-ce fait ? s'impatienta-t-elle.

— Ma chère Matrone Malice, soupira-t-il, en doutiez-vous ? Voilà qui me fend le cœur !

Elle bondit sur ses pieds, le poing brandi.

— Dipree Hun'ett est morte ! proclama-t-elle. La première victime noble !

— Tu oublies Masoj Hun'ett, dit Briza, tué par Drizzt il y a dix ans. Et Zaknafein Do'Urden, tué de ta propre main.

— Zaknafein n'était pas noble de naissance, répliqua-t-elle sèchement devant l'impertinence de sa fille.

Jarlaxle se racla la gorge. Il *devait* quitter la Maison Do'Urden au plus vite.

— Il y a la question de ma solde, rappela-t-il.

— Dinin y veillera, lança-t-elle.

Au moment où il prenait congé, Vierna, la seconde fille de Malice, arriva, rouge d'excitation : la Maison Hun'ett les attaquait !

*
* *

Dans la cour, près de cinq cents soldats ennemis - soit cent de plus que les estimations - élançaient une offensive magique. Les trois cents cinquante soldats Do'Urden sortirent de leurs baraquements.

En nombre inférieur, mais formées par Zaknafein, les troupes adoptèrent une position défensive efficace.

Un contingent Hun'ett, protégé par des sorts de lévitation, s'abattit sur les appartements royaux. Des carreaux d'arbalètes éclaircirent les rangs des forces aériennes. Mais l'effet de surprise restait à l'avantage des attaquants.

*
* *

— Hun'ett n'a pas la faveur de Lloth ! hurla Malice. Ils n'oseraient pas s'attaquer à nous de la sorte !

Elle sursauta aux coups de tonnerre lancés par les sorciers ennemis.

— Oh ? fit Briza.

Malice darda sur elle un regard menaçant, mais n'eut pas loisir de poursuivre la discussion. Les méthodes habituelles d'attaque combinaient un assaut physique à une offensive mentale dirigée par les grandes prêtresses. L'absence d'agression mentale confirmait l'identité de l'ennemi. Les officiantes

Hun'ett, en disgrâce, ne pouvaient plus recourir aux pouvoirs accordés par la déesse. Frappés d'un même opprobre, les Do'Urden n'auraient pas pu résister.

— Ils sont téméraires, reprit Briza, d'espérer que les soldats, à eux seuls, puissent nous éliminer.

Un brutal châtiment s'abattait sur le clan qui ne parvenait pas à en exterminer un autre. On ne critiquait pas les attaques, mais se faire prendre était bel et bien un crime.

Rizzen, le partenaire de Malice, entra, l'air sombre.

— L'ennemi a l'avantage. Je crains que notre défaite soit imminente.

Malice lui décocha un tel coup qu'il alla rouler à l'autre bout de la pièce.

— Tu dois convoquer ta bande. Et vite ! ordonna-t-elle à Jarlaxle.

— Matrone, bafouilla-t-il, pris au dépourvu, Bregan D'aerthe est un groupe discret. On ne s'engage pas dans des conflits ouverts. Un tel comportement nous vaudrait les foudres du Conseil !

— Ton prix sera le mien, promit Malice, désespérée.

— Mais le coût...

— Tout ce que tu veux ! gronda-t-elle. Sauve mon clan, mercenaire. Tes gains seront importants, mais je te préviens, si tu échoues, il t'en coûtera davantage encore !

Jarlaxle n'aimait guère être menacé, surtout par une Matrone dont l'univers s'écroulait. Mais à ses oreilles, le doux mot de « gains » l'emportait sur les risques à courir. Après dix ans d'enrichissement grâce à ce conflit, il savait que Malice tenait ses promesses, et que ce marché serait encore plus lucratif que l'accord passé cette semaine-là avec Matrone SiNafay Hun'ett.

— Comme tu voudras, salua-t-il d'une révérence.

Je vais voir ce que je peux faire.

Il sortit avec un clin d'œil au fils aîné, Dinin, qui propulsa celui-ci sur ses talons.

Du haut du balcon, la situation s'avéra plus désespérée encore que ce qu'en avait dit Rizzen. Les derniers combattants Do'Urden étaient acculés contre l'énorme stalagmite de l'entrée principale.

Jarlaxle donna un coup de sifflet magique, audible uniquement pour les oreilles des membres de Bregan D'aerthe.

Stupéfait, Dinin le vit siffler à un rythme particulier ; encore plus stupéfait, il vit une centaine de soldats Hun'ett se tourner brusquement contre leurs camarades.

Bregan D'aerthe ne rendait de comptes qu'à Bregan D'aerthe.

*
* *

— Ils ne pouvaient pas nous attaquer, insista Matrone Malice. La Reine Araignée ne les aurait pas aidés.

— Ils gagnent sans son aide, lui rappela Rizzen, prudemment réfugié dans le coin le plus reculé de la pièce.

— Tu as dit que jamais ils ne nous attaqueraient, lança Briza, hargneuse. Et tu nous expliquais pourquoi nous ne devions pas attaquer !

Jadis, Malice l'avait sévèrement tancée, en public, pour avoir prôné une offensive contre les Hun'ett.

— Se pourrait-il que Matrone Malice se soit trompée ? ajouta-t-elle, sarcastique.

Malice darda sur elle un regard où la rage le disputait à la terreur. Briza lui opposa sa propre hargne ; d'un seul coup, la Mère Matrone de la Maison Do'Urden cessa de se sentir invulnérable et sûre d'elle-même. Elle sursauta quand Maya, la plus jeune de ses filles, entra.

— Ils envahissent la maison ? s'écria Briza, croyant le pire arrivé.

— Non, dit aussitôt Maya. La bataille a tourné au désavantage des Hun'ett !

— Ainsi que je l'avais prévu, triompha Malice, le regard rivé sur Briza. Stupide est le clan qui agit sans la faveur de Lloth !

Malice n'était pas dupe. Jarlaxle et ses abominables gredins y étaient pour quelque chose, oh oui !

*
* *

— L'accusation a été portée devant Matrone Baenre ? demanda Malice à Briza, quand la lumière magique de Narbondel, le pilier-horloge de la ville, marqua l'aube du jour suivant.

— La Maison dirigeante attendait notre visite. Toute la cité murmure à propos de cette attaque. (Malice ne put retenir un sourire suffisant. Elle savourait d'avance la gloire qu'on accorderait à sa Maison.) Le Conseil se réunira aujourd'hui. Au grand dam de Matrone Hun'ett et de ses enfants, sans nul doute.

Malice acquiesça. Un seul noble survivant suffisait à attirer les foudres du Conseil sur le clan agresseur, et à le condamner à l'anéantissement immédiat.

Rizzen vint les avertir que Matrone Baenre les attendait. Les deux grandes prêtresses échangèrent un regard nerveux. Quand le supplice s'abattrait sur les Hun'ett, la Maison Do'Urden serait promue au huitième rang de la hiérarchie. Huitième ! Seules les Mères Matrones des huit premières Maisons se voyaient accorder un siège au Conseil.

Repoussant fièrement l'aide de Rizzen, Malice enjamba la rambarde du balcon et lévita jusqu'à terre, dans la cour où se massait le restant des soldats. Le disque bleu flottant, frappé aux armes de la Maison Baenre, planait au-dessus des ruines du portail d'adamantite, détruit lors de l'attaque.

Tête haute, Malice traversa la foule ; les elfes noirs se bousculèrent dans leur hâte de s'écarter. Aujourd'hui verrait enfin sa victoire : un siège au Conseil !

Avec un dernier regard de triomphe sur ses troupes, elle prit place à bord du disque magique. Des prêtresses Baenre émergèrent des ombres pour l'escorter. Elle croisa les bras avec un air de défi, laissant les badauds admirer la splendeur de sa victoire.

Quand elle atteignit le fabuleux portail de la Maison Baenre, en forme de toile d'araignée, avec son millier de gardes et ses structures imposantes, elle ne se sentit nullement intimidée.

Malice se rendit dans la chapelle, et s'assit confortablement pour admirer au plafond l'immense projection, qui adoptait tantôt l'apparence d'une araignée, tantôt celle d'une belle Drow.

S'impatientant, elle se leva et approcha d'une Matrone assise à la place d'honneur. Elle monta témérairement sur l'estrade pour contourner celle qu'elle prenait pour Matrone Baenre, la figure politique la plus puissante de Menzoberranzan.

Mais cette femme n'avait rien de la silhouette émaciée de Matrone Baenre, aussi flétrie et desséchée qu'un cadavre. Cette Drow-là n'était pas plus vieille que Malice, et toute petite !

— SiNafay !

— Malice, répondit celle-ci, avec calme.

SiNafay Hun'ett aurait dû se terrer dans sa maison, à attendre l'extermination de son clan. Pourtant elle était là, confortablement installée dans la chapelle de la première famille !

— Ta place n'est pas ici ! protesta Malice, les poings serrés contre ses flancs.

Elle caressa l'idée d'étrangler sa rivale sur-le-champ.

— Détends-toi, Malice. Je suis ici sur invitation de Matrone Baenre, tout comme toi.

La mention de Baenre, et le rappel du lieu où elles se trouvaient calmèrent Malice. On ne laissait pas cours à sa fureur dans la chapelle Baenre ! Elle alla prendre sa place, sans quitter des yeux la face souriante de sa rivale.

Au bout d'un long silence, elle dit ce qu'elle avait sur le cœur :

— C'est la Maison Hun'ett qui a attaqué. Nombreux sont les témoins !

SiNafay ne nia pas.

— Pourtant tu vis ! cracha Malice. Les lois de Menzoberranzan exigent que justice soit rendue.

SiNafay rit à cette absurde déclaration. Une justice de façade, seul moyen de garder un semblant d'ordre dans une société chaotique.

— J'ai agi selon les exigences de la Reine Araignée.

— Si la Reine Araignée approuvait tes méthodes, tu aurais remporté la victoire, protesta Malice.

— Non pas, dit une troisième voix.

Matrone Baenre surgit derrière elles comme par magie.

Malice faillit pousser un cri : elle était furieuse d'avoir été épiée. Mais si elle survivait depuis cinq cents ans, c'est parce qu'elle savait ne pas s'opposer à des personnalités comme Matrone Baenre.

— J'en appelle aux droits du plaignant contre la Maison Hun'ett.

— Accordé, répondit Matrone Baenre.

Malice triompha ; la Mère Matrone de la Maison Hun'ett resta impassible.

— Alors pourquoi est-elle là ? s'écria Malice, contenant à peine sa colère. SiNafay est une hors-la-loi. Elle...

— Nous ne discutons pas les principes, coupa Matrone Baenre. La Maison Hun'ett a attaqué et échoué. L'expiation est connue et acceptée ; justice sera faite ce jour même.

— Alors pourquoi SiNafay est-elle là ?

— Doutes-tu de la sagesse de mon offensive ? interrogea SiNafay, qui s'efforçait de retenir son rire.

— Tu as été vaincue, lui rappela Malice. Cela devrait répondre à ta question.

— Lloth a exigé l'attaque, dit Matrone Baenre.

— En ce cas pourquoi la Maison Hun'ett a-t-elle été vaincue ? insista Malice. Si la Reine Araignée...

— Je n'ai pas dit que la Reine Araignée avait accordé sa bénédiction à la Maison Hun'ett, siffla Matrone Baenre. J'ai dit que Lloth avait exigé cette attaque. Cette guerre privée dure depuis dix ans. L'intrigue a cessé de nous amuser il y a longtemps, croyez-moi. Ce devait être fait.

— Et ce fut le cas, dit Malice, se levant. La Maison Do'Urden a remporté la victoire, et je réclame justice contre nos agresseurs.

— Assieds-toi, Malice, dit SiNafay. Il s'agit de bien plus que cela.

— C'est fait, confirma Matrone Baenre. La Maison Do'Urden a gagné ; la Maison Hun'ett n'existe plus.

Malice se rassit, souriante et suffisante.

La Matrone vaincue ne parut pas affectée.

— Je vais me délecter du spectacle de la destruction de ta Maison. Quand la punition sera-t-elle infligée ? demanda-t-elle à Baenre.

— C'est déjà fait.

— SiNafay vit ! se récria Malice.

— Non, rectifia la vieille Matrone. Celle qui fut SiNafay Hun'ett vit.

Malice commençait à comprendre. La Maison Baenre était opportuniste : les grandes prêtresses Hun'ett allaient-elles compléter sa collection de rescapées ?

— Tu vas lui accorder asile ?

— Non. C'est à toi que revient cette tâche.

Malice écarquilla les yeux. De tout ce qu'elle aurait pu accomplir au nom de Lloth, rien ne semblait plus détestable.

— C'est mon ennemie ! Tu demandes que je lui donne asile ?

— Elle est ta fille, rétorqua Baenre. Ta fille aînée, revenue d'un voyage à Ched Nasad, ou dans quelque autre cité.

— Pourquoi faites-vous cela ? C'est sans précédent !

— Pas tout à fait, rectifia Matrone Baenre, perdue dans les souvenirs d'étranges conséquences dues à d'interminables conflits. De prime abord, tu as raison. Mais tu es assez sage pour savoir que les apparences cachent beaucoup de choses. La Maison Hun'ett devait être détruite - on ne peut changer cela. C'était, après tout, la seule chose civilisée à faire. Du moins doit-on le croire.

— Mais dans quel but ?

— Quand l'attaque a été lancée, as-tu demandé l'aide de la Reine Araignée ?

Inquiète, Malice dut convenir que non.

— Et quand la Maison Hun'ett a été repoussée, continua Baenre, as-tu chanté ses louanges ? As-tu appelé une suivante de Lloth à l'instant de la victoire, Malice Do'Urden ?

— Suis-je accusée ? s'écria-t-elle. Tu connais la réponse, Matrone Baenre. (Elle lança un regard nerveux à sa rivale, craignant de laisser échapper quelque information vitale.) Tu connais ma situation. Je n'ose pas invoquer de yochlol tant que je n'aurai pas un signe de la faveur de Lloth.

— Et tu n'as eu aucun signe, remarqua SiNafay.

— Rien d'autre que la défaite de ma rivale, rétorqua Malice.

— Ce n'était pas le fait de la Reine Araignée, intervint Baenre. Lloth ne s'est pas impliquée dans vos démêlés. Elle a simplement exigé qu'on y mette un terme.

— Est-elle satisfaite de l'issue ? demanda Malice, directe.

— Ça reste à déterminer. Il y a des années, Lloth a exprimé son désir que Matrone Malice siège au Conseil. Aux prochaines lueurs de Narbondel, ce sera chose faite.

Malice releva fièrement le menton.

— Mais comprends le dilemme dans lequel tu te trouves, lança aussitôt Baenre. Tu as perdu la moitié de tes soldats ; tu n'as pas de grande famille pour te soutenir. Tu diriges la huitième Maison de Menzoberranzan ; il est pourtant de notoriété publique que tu n'as plus les bonnes grâces de Lloth. Combien de temps tiendras-tu ce rang, à ton avis ? Ton siège est menacé avant même que tu prennes tes fonctions !

Une logique irréfutable. Quelque Maison inférieure ne tarderait pas à profiter de l'aubaine pour attaquer et tenter d'améliorer sa position.

— Je te donne donc SiNafay Hun'ett... *Shi'nayne Do'Urden*... une nouvelle fille, grande prêtresse.

Une intrusion télépathique la détourna soudain des explications de Baenre.

Garde-la tant que tu auras besoin d'elle, Malice Do'Urden.

Elle se douta que le message provenait du flagelleur mental de Matrone Baenre, un être télépathe qui restait toujours dans l'ombre.

Tu sauras quand le temps sera venu.

— ... Et les cinquante soldats Hun'ett survivants. Tu es d'accord, Malice ?

— Oui.

— Va, Shi'nayne Do'Urden. Rejoins tes soldats dans la cour. Mes sorciers te conduiront en secret à la Maison Do'Urden.

— Je comprends, dit Malice à son hôtesse, une fois SiNafay partie.

— Tu ne comprends rien ! hurla Baenre, explosant de rage. J'ai fait tout ce que je pouvais pour toi, Malice Do'Urden ! C'était le souhait de Lloth que tu sièges parmi nous, et j'ai arrangé l'affaire, quoiqu'il m'en ait beaucoup coûté !

Malice sut alors que la Maison Baenre avait poussé les Hun'ett à l'attaque. Jusqu'où allait l'influence de Matrone Baenre ? La vieille femme flétrie avait peut-être arrangé aussi la trahison de Jarlaxle et des soldats de Bregan D'aerthe, qui avaient été les éléments déterminants de la victoire.

Il lui faudrait en avoir le cœur net.

— C'en est fini, continua la première Matrone. Je te laisse à tes artifices. Tu n'as pas regagné la faveur de Lloth, alors que c'est ta seule chance de survie !

Malice serra l'accoudoir de son siège à en fendre le bois. Elle avait espéré que cette victoire ferait oublier les actions sacrilèges de son fils cadet.

— Tu sais ce qui doit être fait. Répare le mal, Malice. Je me suis compromise pour toi. Je ne tolérerai pas d'échec !

*
* *

— Nous sommes au fait des arrangements, Matrone Malice, déclara Dinin quand elle fut de retour. (Il la suivit en lévitant vers les appartements nobles du complexe.) Toute la famille est réunie dans l'antichambre de la chapelle.

Elle le bouscula rudement, et entra en trombe dans la pièce pour s'installer sur son trône.

Tous s'attendaient à une longue entrevue. Ils eurent un bref aperçu de la rage qui consumait leur Matrone ; son regard leur fit comprendre qu'elle n'accepterait pas qu'ils la déçoivent.

— Trouvez Drizzt et ramenez-le-moi ! ordonna-t-elle d'une voix grinçante.

Ses yeux emplis d'une hargne glaciale firent ravaler à Briza ses protestations. Personne d'autre ne tenta d'exprimer ses inquiétudes.

Malice repartit, leur laissant le soin d'arrêter un plan. Les détails ne l'intéressaient pas.

Elle serait la main qui plongerait la dague sacrée dans le cœur de son fils cadet. Rien d'autre.

CHAPITRE II

DES VOIX DANS LA NUIT

Drizzt chassa sa lassitude en s'étirant. Sa lutte contre le basilic, la nuit précédente, avait drainé toute son énergie, comme chaque fois qu'il recourait à ses instincts primitifs, indispensables à sa survie. Il devait pourtant retrouver sans tarder le troupeau de rothes, qui était sa principale source d'alimentation.

Il inspecta la petite grotte où il avait élu domicile, s'assurant que tout était en ordre. Son regard s'attarda sur la figurine d'onyx qui représentait la panthère ; il se languissait de Guenhwyvar. Il l'avait longtemps retenu près de lui, pour tendre un piège au basilic - presque une nuit entière. La panthère devait se reposer dans son plan astral. Résigné, il empocha la statuette.

Après un bref examen du mur obstruant l'accès du principal corridor, il alla au boyau plus étroit, à l'arrière de la grotte. Des entailles sur la paroi marquaient le passage du temps. Machinalement, il fit une nouvelle entaille. Il avait oublié tant de fois que ça n'avait plus d'importance. Combien de jours s'étaient écoulés en réalité entre chaque entaille ?

Qu'importait. Jour et nuit ne faisaient qu'un ; oui, tous les jours n'étaient qu'un dans la nuit du chasseur. Drizzt se hissa par l'étroite ouverture et rampa de longues minutes vers le faisceau de lumière, devant lui. Ce mince rai dû à des moisissures phosphorescentes aurait dû être une source d'inconfort pour un elfe noir ; Drizzt, lui, se sentit rassuré. Ses yeux lavande le rendaient différent de ses frères.

La grande chambre naturelle où il aboutit présentait deux niveaux : un lit de mousse traversé par un ruisseau pour la partie basse, un champ de champignons géants pour la partie haute. Il se dirigea vers le haut, se sachant observé par les myconides, ces étranges créatures à mi-chemin entre l'humanoïde et le champignon vénéneux. Le basilic leur avait causé de lourdes pertes. Effrayés, dangereux, ils savaient que l'elfe qui se dirigeait vers eux avait tué le monstre. Les myconides n'étaient pas stupides. S'il gardait ses armes au fourreau, et n'esquissait aucun geste menaçant, il ne risquait pas d'attaque de leur part.

La paroi de près de trois mètres de hauteur ne présenta aucune difficulté : il l'escalada sans peine. Un groupe de myconides se disposa en éventail à son passage. Quelques-uns lui arrivaient à mi-thorax ; la plupart faisaient deux fois sa taille. Il croisa les bras sur sa poitrine, signe universel de paix en Ombre-Terre.

L'apparence de l'elfe leur répugnait. Mais ils comprenaient qu'il les avait délivrés du basilic. Depuis des années, le Drow exilé et les myconides vivaient en bonne intelligence, protégeant la grotte pleine de vie qui était leur sanctuaire. Semblable oasis, avec des plantes comestibles, un ruisseau poissonneux et une horde de rothes, n'était pas monnaie courante ; de nombreux prédateurs y faisaient d'inévitables incursions. Il incombait aux hommes-champignons et à Drizzt de les repousser.

Le plus grand des myconides avança ; l'elfe se tint immobile, comprenant l'importance de cette nouvelle relation. Il se crispa, prêt à bondir en cas de nécessité.

Le myconide cracha une bouffée de spores. Drizzt les analysa en un clin d'œil. Les myconides matures pouvaient émettre toutes sortes de spores, dont certaines étaient très dangereuses.

Roi mort. Moi roi, fut le message télépathique porté par le nuage de spores.

Tu es roi, répondit Drizzt mentalement. Comme il aurait aimé les entendre parler à haute voix ! *Ainsi qu'il en était ?*

Bas pour elfe noir, haut pour myconides.

D'accord.

Haut pour myconides, répéta le roi, d'un ton emphatique.

Drizzt se laissa retomber, bondit à vive allure pardessus le ruisseau large de deux mètres, et atteignit l'entrée qui menait au complexe dédale de tunnels d'Ombre-Terre. Il recensa les dégâts causés par le basilic ; il devrait rapidement éliminer les carcasses à demi déchiquetées des rothes avant que la puanteur n'attire davantage de prédateurs. Certaines bêtes étaient restés pétrifiées, comme le précédent roi myconide, statufié.

Cette... chose avait été son allié, son ami peut-être. Ils avaient vécu des années côte à côte, se protégeant mutuellement. Mais Drizzt n'avait aucun regret. C'était la loi du plus fort.

Dans les étendues sauvages d'Ombre-Terre, on n'avait jamais de seconde chance.

Drizzt sentit la rage le gagner à nouveau. Il l'étreignit à bras-le-corps ; la colère était son alliée. Après une suite de détours, il parvint dans le tunnel où il avait placé la veille son globe de ténèbres, où Guenhwyvar avait attendu, prêt à bondir sur l'ennemi. Le sortilège s'était dissipé depuis longtemps ; grâce à son infravision, il distingua sur la dépouille du monstre plusieurs formes luisantes.

Sa rage s'accrut encore.

D'instinct, il porta la main à un cimeterre. Comme d'elle-même, la lame s'abattit ; plusieurs rats aveugles s'égayèrent vivement. Sans réfléchir, Drizzt assena un second coup de son autre lame recourbée. Il fit ainsi glisser dans sa gibecière le rat embroché ; il avait faim...

Il continua d'explorer les alentours. Le rat n'était pas vraiment appétissant, mais il était comestible. Pour le chasseur, seule comptait la survie.

Le second jour, il sut qu'il approchait des rothes ; il n'eut aucune peine à les localiser avec l'aide de Guenhwyvar. Ils n'étaient que six, mais c'était mieux que rien. La panthère les escorta à vive allure vers le champ de mousse.

Le Drow repartit aussitôt. Il poursuivit ses recherches plusieurs jours. Il rappelait la panthère en cas de besoin. Des rothes paniqués pouvaient parcourir de longues distances.

Drizzt se nourrissait, quand il en avait l'occasion, de chauves-souris trompées par un jet de caillou, ou de crabes géants terrassés par une lourde pierre... Il se lassa de sa quête, doutant que les rothes aient pu survivre si longtemps, et décida de revenir par une route différente.

A mi-parcours, un bruit étrange l'intrigua.

Une main pressée contre la muraille de pierre, il en sonda les subtiles vibrations.

Près de là, on martelait le roc.

Cimeterres au clair, il rampa le long de la paroi, les oreilles dressées.

Les reflets d'un feu le firent s'accroupir, sans le décider à fuir, attiré qu'il était par la proximité d'un être intelligent. Une menace sans doute ; mais au fond de lui, il espérait qu'il en irait autrement.

Deux gnomes martelaient la roche à coups de hache, un autre récoltait les éclats dans une brouette ; deux gardes étaient de faction. Drizzt sut qu'il y en avait d'autres ; il avait dû traverser leurs défenses à son insu. Faisant appel à un don familial, il lévita lentement, s'aidant des mains pour suivre la paroi. Par chance, le tunnel était haut, ce qui lui permit d'observer la scène sans danger.

Plus petits que lui, glabres, leur torse musculeux et ramassé s'adaptant parfaitement à l'exploitation minière, c'étaient des Svirfneblins, des gnomes des profondeurs, les pires ennemis des elfes noirs en Ombre-Terre.

Jadis, Drizzt avait mené une patrouille au combat contre eux, et il avait vaincu un élémental de terre invoqué par leur chef. Comme tous ses souvenirs, celui-ci raviva sa peine. Les gnomes l'avaient capturé, ligoté, et tenu prisonnier dans une chambre secrète, sans le torturer. Ils lui avaient promis de le traiter aussi humainement que possible, même s'ils devaient l'exécuter.

Les camarades de Drizzt, conduits par Dinin, son frère, avaient trouvé la cachette. Un massacre s'en était suivi. Sur l'instance de Drizzt, Dinin avait laissé la vie au chef vaincu, mais il lui avait fait couper les mains avant de le relâcher, cruauté typique des elfes noirs.

Drizzt s'obligea à revenir au présent. Les gnomes des profondeurs faisaient de formidables adversaires.

A en juger par leurs dialogues excités, ils étaient tombés sur une riche veine ; Drizzt savoura le son de leur voix, même s'il ne parlait pas leur langue. Un sourire ourla ses lèvres pour la première fois depuis des années, tandis que les Svirfneblins s'agitaient autour de leur trouvaille et incitaient leurs camarades à se joindre à la fête. Une douzaine émergèrent des ombres à cet appel, ainsi qu'il l'avait soupçonné.

Il trouva une anfractuosité où se nicher, et observa la scène jusqu'à ce que les gnomes repartent en file indienne, leurs wagonnets emplis à ras bord. La prudence voulait qu'il regagne son antre après leur départ.

A l'encontre de tous ses réflexes, les voix des gnomes agirent sur lui comme le chant d'une sirène. Il suivit la caravane à distance, se demandant où cela le mènerait.

Il les pista des jours entiers, et se retint d'invoquer Guenhwyvar, qui mettait ce répit à profit pour se reposer. Tous ses instincts se rebellaient, mais pour la première fois depuis des lustres, l'elfe ne les écouta pas. Entendre les voix des gnomes prenait le pas sur les exigences de la survie.

A mesure qu'ils progressaient, les corridors prirent un aspect moins naturel ; on approchait du territoire des Svirfneblins. Une fois encore, il ignora la voix de la prudence. Il accéléra.

Les gnomes prenaient garde d'éviter certains secteurs. Drizzt leur emboîta le pas. Il se jeta derrière un éboulis en entendant de nouvelles voix.

Les mineurs étaient parvenus à un grand escalier, qu'enserraient deux pans de mur parfaitement lisses. Une ouverture latérale permettait tout juste aux tombereaux de passer ; admiratif, Drizzt regarda les gnomes enchaîner le premier véhicule. Une série de coups contre la pierre donna le signal à un ouvrier invisible ; la chaîne s'ébranla. Les wagonnets disparurent par l'ouverture ; les Svirfneblins s'engouffrèrent dans l'escalier.

Quand les deux dernières charges s'ébranlèrent,

Drizzt fit un acte fou : il sauta dans le tombereau.

Il comprit l'ampleur de sa folie quand le dernier gnome obstrua le passage à l'aide d'une pierre.

Le wagon montait aussi verticalement que l'escalier qui lui était parallèle ; l'elfe ne voyait rien. De petites roues latérales guidaient le convoi. Il était si bon de retrouver des êtres intelligents ! Mais il restait conscient du danger. Les Svirfneblins l'accueilleraient à coups de hache !

La pente s'adoucit ; le passage s'élargit au bout de quelques minutes. Un gnome occupé à tourner une manivelle ne vit pas une forme noire se glisser derrière lui.

Des voix...

Drizzt emprunta un corridor au hasard, et se jeta à plat ventre sur un rebord : sur le palier, gardes et mineurs, une vingtaine au moins, discutaient de leur trouvaille.

Par l'interstice des battants de pierre aux gonds métalliques entrouverts, Drizzt eut un aperçu de la ville des gnomes. Malgré le mauvais angle de vision, il estima l'endroit moins vaste que la grotte qui abritait Menzoberranzan.

Il voulait s'y rendre ! Il voulait bondir et se ruer par ces portes, s'abandonner au jugement des gnomes. Peut-être l'accepteraient-ils, peut-être verraient-ils en Drizzt Do'Urden ce qu'il était vraiment.

Riant et bavardant, les Svirfneblins disparurent, avalés par la gigantesque porte d'entrée.

Il devait agir *maintenant*.

Mais le chasseur, l'être qui avait survécu une décennie dans les étendues sauvages d'Ombre-Terre, ne put se résoudre à quitter sa corniche. Le chasseur vainqueur du basilic et de tant d'autres monstres refusait de s'en remettre à la merci d'êtres civilisés. Le primitif, en lui, ne reconnaissait pas le concept de civilisation.

Les portes se refermèrent en grinçant. La lueur d'espoir mourut dans le cœur de Drizzt.

Au bout d'un long moment, tourmenté, il roula de côté et tomba sur le palier. Sa vue se brouilla quand il tourna le dos à la vie qui fourmillait derrière les lourds vantaux de pierre. Le chasseur sentit la présence de gardes et bondit, fuyant à toutes jambes vers la liberté des tunnels.

Loin de la cité des gnomes des profondeurs, en sécurité, il sortit la statuette d'onyx, le lien qui le rattachait à son unique compagnon. L'instant d'après, il la rempocha pour se punir de son moment de faiblesse. S'il en avait eu la force, s'il s'était lancé à la suite des Svirfneblins, il aurait pu mettre un terme à ses tourments. D'une façon ou d'une autre.

Il rebroussa chemin vers la grotte couverte de mousse, poursuivi par un sentiment de danger. Ses instincts reprirent le dessus, chassant toute pensée des gnomes et de leur cité.

Ces instincts étaient le salut et la damnation de Drizzt Do'Urden.

CHAPITRE III

SERPENTS ET ÉPÉES

— Combien de temps cela fait-il ? mima Dinin dans le code silencieux de son peuple. Depuis combien de semaines traquons-nous notre renégat de frère ?

Son expression sarcastique était éloquente. Maussade, Briza ne répondit pas. Elle était encore moins heureuse que lui de cette mission. Grande prêtresse de Lloth, fille aînée occupant une place d'honneur dans la hiérarchie familiale, jamais encore on ne lui avait assigné pareille tâche. L'arrivée de SiNafay Hun'ett au sein de leur famille l'avait reléguée à un rang inférieur.

Dinin insistant encore, elle fit volte-face, son fouet reptilien en main. Les réflexes trop lents de son frère ne lui permirent pas d'éviter la morsure fulgurante de trois lanières vivantes sur sa poitrine. La douleur tétanisa ses muscles.

D'une main puissante, Briza attrapa son frère à la gorge ; après s'être assurée qu'aucun des cinq autres membres de l'expédition punitive ne prenait la défense de Dinin, elle le plaqua brutalement contre une paroi, et l'y maintint d'une main.

— Un mâle avisé mesurerait ses propos, cracha-t-elle à haute voix, malgré l'ordre de Malice de respecter un silence absolu.

Il étouffait lentement, son épée plaquée contre son flanc ; sa sœur tenait le redoutable fouet-serpent. Au contraire des fouets ordinaires, celui-là ne nécessitait pas d'espace pour frapper. Les têtes reptiliennes, extensions vivantes de la volonté de leur propriétaire, pouvaient se rétracter et cingler à courte portée.

— Matrone Malice ne s'interrogerait pas sur ta mort. Ses fils lui ont causé assez de problèmes comme ça ! (Dinin jeta un regard aux autres.) Des témoins ? Crois-tu vraiment qu'ils défendront un mâle contre une grande prêtresse ?

Elle le lâcha ; il tomba, souffle court, luttant pour retrouver sa respiration.

Briza donna l'ordre de retourner en ville ; ils seraient bientôt à court de vivres.

Dinin aurait aimé lui planter son épée entre les omoplates. Mais il n'était pas si bête. Depuis trois cents ans, elle était grande prêtresse de la Reine Araignée ; elle jouissait de ses faveurs, même si Matrone Malice et le reste du clan étaient en disgrâce. De plus, Briza était une formidable ennemie, habile à lancer des sorts, le fouet toujours prêt.

— Ma sœur, appela-t-il, l'étonnant par son audace, accepte mes excuses. (Il poursuivit par gestes :) Je ne suis pas heureux de arrivée de SiNafay Hun'ett dans notre clan.

— Tu t'estimes assez sage pour douter des décisions de Matrone Malice ? demanda-t-elle silencieusement, un sourire ambigu aux lèvres.

— Non ! Elle fait ce qu'elle doit, au mieux comme toujours. Mais SiNafay a vu sa Maison réduite en ruine, sur ordre du Conseil, ses enfants et ses serviteurs massacrés. Comment être loyale aux Do'Urden après cela ?

— Stupide mâle ! La loyauté est pour Lloth seule. Sans clan, SiNafay n'existe plus. Sur ordre de la Reine Araignée, elle doit accepter les responsabilités qui vont avec sa nouvelle identité.

— Je m'en défie, insista Dinin. Et il me déplaît de voir mes sœurs en disgrâce à cause d'elle. Shi'nayne aurait dû venir après Maya, ou être logée avec les gens du commun.

— Ça ne te concerne pas, gronda-t-elle, même si elle était foncièrement d'accord. Notre clan s'enrichit d'une nouvelle grande prêtresse, voilà tout.

Dinin acquiesça sagement et se releva. Briza replaça son fouet à sa ceinture, tout en surveillant son frère du coin de l'œil.

Il se tiendrait tranquille désormais. S'il voulait survivre, il devait composer avec Briza. Chef de patrouille depuis plus d'une décennie, Dinin était le plus habilité à fouiller les coins et recoins d'Ombre-Terre ; et Briza était la plus forte de ses sœurs, celle qui avait le plus de chance de retrouver et de capturer Drizzt. Un jour de repos et ils se remettraient en chasse.

*
* *

Tête dressée, immobile, Guenhwyvar avait entendu aussi le son ténu. Quelque nouvel ennemi sans doute.

Drizzt et lui s'élancèrent le long des corridors qu'ils connaissaient par cœur. Un frottement..., celui d'une botte. Ils trouvèrent un bon point de vue ; la patrouille surgit peu après, constituée de sept individus. Drizzt se souvint des jours où il avait conduit semblables détachements. Combien il s'était senti seul, dans le silence total...

Pourtant, le chasseur qu'il était devenu n'avait eu aucune peine à déceler leur présence.

*
* *

La brusque disparition de la patrouille le prit par surprise ; le groupe n'avait pas pu le voir, ni l'entendre, c'était impossible ! Et pourtant on l'avait repéré... Que faisaient des elfes noirs si loin de leur ville ? Peut-être devenait-il paranoïaque ? Non, ce n'était pas par hasard qu'ils étaient sur son territoire.

Il envoya la panthère espionner les intrus, mais elle ne lui apprit rien.

Ce devaient être les Hun'ett, venus venger les morts d'Alton et de Masoj, ou rechercher Guenhwyvar, l'entité magique qui avait appartenu à ce dernier.

Mais la panthère parut peu convaincue par son flot de suppositions.

— Qui alors ? demanda-t-il.

L'animal se dressa sur ses pattes arrière et pressa une patte contre la bourse pendue au cou de Drizzt. Perplexe, il la vida dans sa paume : quelques pièces d'or, une gemme, l'emblème de sa Maison - un jeton d'argent gravé aux initiales de Daermon N'a'shezbaernon, la Maison Do'Urden.

Drizzt comprit soudain.

— Ma famille, chuchota-t-il.

Guenhwyvar frotta sa patte sur la pierre, tout excité.

Matrone Malice n'avait ni oublié, ni pardonné.

Drizzt l'avait reniée. Il avait offensé la déesse Lloth ; sa mère en avait sûrement pâti.

Le souffle court, Guenhwyvar sur ses talons, il s'enfuit à toutes jambes par le dédale de tunnels.

Ils coururent une heure. Grâce à sa connaissance des lieux, Drizzt était certain de les distancer aisément.

Quand il s'arrêta pour reprendre son souffle, il sentit que la patrouille le talonnait de près. C'était de la sorcellerie !

— Mais comment ? haleta-t-il. Je ne suis plus le même, ni physiquement, ni mentalement. Qu'est-ce qui les guide ?

Un rapide examen lui désigna ses lames recourbées.

Des armes fabuleuses, en effet. Mais c'était le cas de la majorité des lames à Menzoberranzan. Celles-ci n'avaient pas été forgées au palais des Do'Urden ; elles ne portaient aucune gravure repérable par sa famille. Son manteau alors ? Le *piwafwi* était un vrai poteau indicateur, imprégné de l'identité spirituelle d'un clan. Mais le sien avait été trop déchiqueté pour qu'un sortilège de détection pût encore le repérer.

Détection. Il regarda Guenhwyvar et il eut la réponse. Il étudia l'emblème de son clan. Objet magique, il irradiait un *dweomer* propre à sa famille. Seul un noble de la Maison Do'Urden pouvait en posséder un pareil.

Après un instant de réflexion, il remit l'emblème en place et accrocha la bourse au cou de la panthère.

— Il est temps que la proie devienne chasseur, murmura-t-il au félin.

*
* *

— Briza, il sait qu'on le suit, dessinèrent dans les airs les mains de Dinin.

Naturellement. C'était l'évidence même. Mais Briza n'en avait cure. L'emblème de Drizzt fonctionnait comme une balise directionnelle.

Elle s'arrêta à une intersection et fit signe au groupe de se scinder en deux. Elle resterait en arrière avec son frère.

Au-dessus d'eux, dans les ombres d'une voûte couverte de stalactites, Drizzt sourit de sa ruse. La patrouille n'avait aucune chance de rattraper Guenhwyvar à la course.

Son plan fonctionnait à la perfection. Mais revoir son frère et sa sœur lui donna l'envie d'aller plus loin.

Une fois les soldats assez loin, il tira ses cimeterres.

— Drizzt a toujours été à l'aise hors de la ville, dit Dinin à haute voix. Il sera difficile à attraper.

— Il se fatiguera avant moi, ricana Briza. On le trouvera à bout de souffle au fond d'une grotte.

La morgue de Briza se mua en stupéfaction quand une forme sombre jaillit entre Dinin et elle.

Dinin vit son frère une fraction de seconde avant que la pointe d'un cimeterre vienne se presser contre sa poitrine.

De l'autre main, Drizzt pointa une lame sous la gorge de sa sœur. Mais elle bondit en arrière, fouet brandi.

La lame recourbée tint en respect les six lanières dont Drizzt se rappelait la cruelle morsure. Tous les mâles drows étaient élevés à coups de fouet.

— Frère Drizzt, dit-elle à haute voix, espérant que les soldats l'entendraient, baisse ta garde. Il n'y a pas de raison...

Le son de cette voix jadis familière le bouleversa.

Comme il était bon d'entendre quelqu'un parler, de se rappeler qu'il était autre chose qu'un chasseur concentré sur sa survie !

— Que... que fais-tu là ? bafouilla-t-il.

— Je suis là pour toi, bien sûr, mon frère, répondit-elle, d'une voix trop douce. La guerre contre les Hun'ett est enfin de l'histoire ancienne. Il est temps de revenir chez nous, mon petit.

Une partie de Drizzt aurait voulu la croire. Briza avait un sourire si engageant.

— Viens, cher Drizzt, susurra-t-elle, recourant à une subtile magie. On a besoin de toi. Tu es le maître d'armes de la Maison Do'Urden, à présent.

L'expression de son frère avertit la prêtresse de son erreur. Zaknafein avait été sacrifié à la Reine Araignée. Jamais Drizzt n'oublierait.

Pas plus que la méchanceté et les injustices qu'il avait fuies.

— Tu n'aurais jamais dû venir, gronda-t-il. Ne reviens pas !

Il s'aperçut qu'elle remuait les lèvres derrière son sourire figé.

Un sort !

Vif comme l'éclair, il attaqua, interrompant son sortilège. Elle esquiva le coup, furieuse, et brandit son fouet.

La rage qui fit soudain briller les yeux lavande de son frère la désarçonna ; quelqu'un d'autre que Drizzt se tenait devant elle, un formidable ennemi...

Mais Briza, grande prêtresse de Lloth et personnalité politique de premier plan, refusa de se laisser intimider.

A l'attaque des lanières reptiliennes répondit la danse fulgurante des cimeterres. Alors qu'elle n'avait pas encore fait mouche, il ne lui restait plus que cinq têtes de serpent.

Enragée, elle chargea ; serpents et cimeterres

s'emmêlèrent en un mortel ballet.

Les adversaires se séparèrent, se jaugeant mutuellement. Drizzt reprit son souffle, ignorant la douleur des morsures.

Elle revint à la charge ; les trois dernières têtes de serpent tombèrent, coupées net.

Avec un juron, elle tira sa masse d'armes et décocha un coup que les lames croisées dévièrent. Drizzt lui flanqua trois coups de pied en pleine face. Assommée, le nez et les yeux en sang, elle recula avant de risquer un nouveau coup.

Le chasseur para du tranchant de sa lame ; deux doigts tombèrent avec la masse d'armes. Briza hurla de douleur.

Il sentit le danger et se tourna au moment où Dinin le prenait à revers. Ce dernier lut sa mort dans les yeux lavande.

Il jeta son épée à terre et croisa les bras en signe de reddition.

Il eut pour toute réponse un grondement qu'il interpréta correctement : il prit ses jambes à son cou sans demander son reste.

Briza voulut le suivre ; une lame vint se placer sous sa gorge, la forçant à renverser la tête.

Drizzt souffrait des morsures infligés par le fouet ; le chasseur sentait son territoire menacé par cette agression ; l'elfe devenu sauvage voulut y mettre un terme en achevant son ennemie.

Sa sœur dit ses dernières prières.

Soudain, la lame cessa de mordre sa chair. Une énorme panthère noire avait bondi sur le dos de Drizzt et le maintenait à terre !

— Guenhwyvar ! s'écria-t-il, la repoussant. Tue-la !

Le félin s'assit calmement, bâilla à s'en décrocher les mâchoires et, d'une chiquenaude, arracha la bourse de son cou.

Que se passait-il ? Hésitant, Drizzt leva ses lames ; la panthère ne bougea pas.

L'instant suivant, un cliquetis métallique l'avertit du danger ; Guenhwyvar bondit et intercepta le trait empoisonné, qui était sans effet sur les entités magiques comme elle.

Cinq Drows apparurent. Oubliant toute velléité de vengeance, Drizzt prit la fuite avec le félin. Sans l'aide de la magie, les soldats ne se risquèrent pas à le suivre.

Ayant mis assez de distance entre lui et les intrus, il eut la surprise de voir son ami refuser à nouveau de lui obéir. Il l'empêchait d'avancer en tournant autour de lui.

Un brouillard se forma ; l'entité disparut, au grand désespoir de Drizzt, qui ne l'avait pas renvoyée dans son plan astral.

Il retourna dans son antre, plongé dans de sombres pensées. Guenhwyvar l'avait jugé. Dans sa rage aveugle, il avait failli tuer sa sœur.

Sur son petit lit de pierre, il se remémora le serment, prononcé dix ans plus tôt, de ne jamais plus tuer d'elfe noir. La droiture et la constance étaient le cœur de ses principes, au nom desquels il avait renoncé à tant de choses.

Sans Guenhwyvar, il se serait parjuré. Etait-il meilleur que ceux qu'il avait reniés ?

Il avait gagné, sans conteste ; il saurait échapper à tous les poursuivants que lui dépêcherait Malice. Mais une pensée le tourmentait.

Il ne pouvait se fuir lui-même.

CHAPITRE IV

EN FUITE LOIN DU CHASSEUR

Les jours suivants, il continua sa routine. Il survivrait, il le savait. Mais à quel prix ?

Si les rituels journaliers éloignaient la douleur, la fin du jour le replongeait dans ses noires pensées. Sa rencontre avec Briza et Dinin le hantait, générant chaque nuit des cauchemars. Aucune passe d'armes, aussi brillante soit-elle, ne les vaincrait.

Dans son nouvel univers, bien différent des rues sinueuses de Menzoberranzan et de la vie quotidienne de ses semblables, il ne craignait ni sa mère et ni fratrie. Qu'ils le poursuivent, si ça les amusait !

Il domina son sentiment de culpabilité ; Briza avait provoqué le combat. Il s'interrogeait pourtant sur son caractère. Etait-il devenu un chasseur implacable à cause des rudes conditions de sa nouvelle vie ? Ou l'avait-il toujours été ?

La mélodie de leurs voix, ce langage qu'il comprenait et auquel il pouvait répondre le tourmentait davantage encore. Les mots se détachaient vivement dans sa mémoire ; il les réécoutait sans cesse, redoutant de ne plus les entendre aussi nettement s'il les négligeait.

Alors il retomberait dans la solitude.

Sa respiration se fit haletante. La sueur perla à son front d'ébène ; ses mains devinrent glaciales. L'antre qui l'avait protégé toutes ces années l'oppressa soudain. Il imagina des faciès grimaçants dans les fissures et les excroissances de pierre, qui se moquaient de sa fierté obstinée. Trébuchant, il entailla de nouveau son *piwafwi* au genou. S'il se souciait de son manteau comme d'une guigne, il s'alarma pourtant : le chasseur avait trébuché !

— Guenhwyvar ! s'écria-t-il, pris de panique, viens à moi ! Oh, je t'en prie, Guenhwyvar !

Obéirait-il après leur dernière séparation, si peu amicale ? Marcherait-il encore à son côté ? Il rampa vers la figurine, chaque pouce de terrain gagné sur le désespoir qui le submergeait.

La brume se forma ! La panthère n'abandonnerait pas son maître, son ami.

Drizzt se détendit. Il contempla la brumeuse apparition pour conjurer les démons pétrifiés sortis de son imagination. Guenhwyvar, assis près de lui, se lécha méthodiquement une patte. Il ne lut aucune condamnation dans ses yeux.

Guenhwyvar, son ami..., sa planche de salut.

Il bondit pour l'étreindre de toutes ses forces. L'animal sembla ne pas comprendre l'importance de ces retrouvailles.

*
* *

Agité, Drizzt passa les jours suivants à explorer les tunnels entourant son sanctuaire. Malice le traquait. Ses défenses devaient être sans faille.

Au fond de lui, il savait que c'était une fuite en avant, loin des voix qui parlaient dans sa tête et des parois oppressantes de sa petite grotte. Il fuyait Drizzt Do'Urden pour redevenir le chasseur.

Progressivement, ses explorations concentriques s'élargirent, le tenant éloigné de son refuge des jours entiers. Sans se l'avouer, il espérait rencontrer un ennemi puissant, qui lui rappellerait la nécessité de se fier à l'instinct pour survivre.

Un jour, il entendit des martèlements lointains : les coups de pioche rythmiques d'un mineur.

Se pressant contre un mur, il réfléchit. C'étaient les tunnels où il avait croisé les Svirfneblins quelques semaines plus tôt. Inconsciemment, il y était retourné pour entendre à nouveau le chant des marteaux, les rires et les bavardages des gnomes des profondeurs. Il avait eu tort : il se tourmenterait en les épiant, il se consumerait en les entendant. Quand ils retourneraient dans leur cité, il resterait seul, malade de tristesse.

Les vibrations l'attiraient comme un aimant. Il eut beau se raisonner, sa décision était prise. Il se maudit pour sa stupidité ; mais ses jambes ne lui obéissaient plus, elles le portaient vers le bruit cadencé des pioches.

Il se percha sur une corniche. Son instinct l'avertissait du danger qu'il courait à s'attarder près des mineurs. Mais il n'écouta pas la voix de la raison. Il resta des jours à les regarder travailler, parler et se distraire.

Quand vint pour les Svirfneblins le moment de rentrer au bercail, il mesura l'étendue de sa folie. Il avait fait preuve de faiblesse en niant la réalité. Maintenant, il devait réintégrer son trou vide et noir.

Les wagons disparurent de son champ de vision. Il se prépara à retourner vers son sanctuaire, la grotte couverte de mousse où prospéraient les myconides.

De tous les siècles qu'il vivrait encore, Drizzt Do'Urden ne devait jamais revoir cet endroit.

Il ne souvint pas d'avoir bifurqué ; ce n'avait pas été conscient. Le grondement des wagons l'avait peut-être attiré à son insu. Il sursauta en entendant grincer les grandes portes de Blingdenstone. Le bruit le tira de son état second ; il comprit qu'il était en train de se jeter dans la gueule du loup.

Il appela la panthère en chuchotant. Elle se tapit, oreilles basses, cherchant à se repérer dans ce lieu étrange.

Drizzt se força à parler :

— Je voulais te dire adieu, mon ami. (Les oreilles du félin se dressèrent ; les pupilles ambrées s'élargirent.) Je... je ne peux plus continuer ainsi, Guenhwyvar. J'ai peur de perdre tout ce qui donnait un sens à ma vie. J'ai peur d'oublier mon identité. Tout ça m'est plus précieux que la vie. Peux-tu comprendre ? Survivre n'est pas tout. La créature primitive que je suis devenu ne me suffit pas.

Il se plaqua contre la paroi. Cette logique n'allait pas l'empêcher d'hésiter à chaque marche de l'escalier, mettant son courage et ses convictions à l'épreuve. La première fois, il n'avait pas réussi à suivre les gnomes. La paralysie avait été trop forte.

— Tu m'as rarement jugé, Guenhwyvar, et toujours avec justice. Peux-tu me comprendre ? Dans quelques instants, nous serons séparés, sans doute à jamais. Comprends-tu pourquoi je dois le faire ?

Le félin frotta sa tête contre son flanc.

— Mon ami, murmura Drizzt à l'oreille, pars maintenant, tant qu'il me reste du courage.

La panthère disparut. Drizzt ramassa la figurine et s'élança. Au-dessus, les conversations cessèrent.

Les gardes, qui avaient senti quelque chose, écarquillèrent les yeux en voyant surgir un elfe noir.

En signe de paix, Drizzt croisa les bras sur sa poitrine, espérant que les gnomes, dans leur agitation, comprendraient son geste. Paniqués, ils se bousculèrent ; certains coururent barrer l'entrée de la ville, d'autres l'encerclèrent, d'autres encore dévalèrent l'escalier pour voir si une armée le suivait.

Le chef des gardes aboya une série de questions ; son prisonnier haussa les épaules. Plusieurs gnomes reculèrent.

Le Svirfneblin fit des menaces de la pointe de sa lance. Très lentement, Drizzt porta la main à la boucle de sa ceinture et laissa tomber ses cimeterres.

Les gnomes sursautèrent à l'unisson. Sur un ordre du chef, deux gardes fouillèrent l'elfe noir et trouvèrent une dague dans une de ses bottes. Quand sa figurine d'onyx fut également découverte, Drizzt, implorant, tendit le bras.

Il reçut un coup de hampe de lance dans le dos. Les Svirfneblins n'étaient pas mauvais de nature, mais ils ne portaient pas les elfes noirs dans leur cœur. Ils survivaient dans Ombre-Terre depuis des temps immémoriaux, avec peu d'alliés et beaucoup d'ennemis. Parmi ces derniers, les Drows arrivaient en tête de liste.

Et voilà que l'un d'eux venait inexplicablement se livrer à eux, pieds et poings liés !

Ils le ligotèrent et le laissèrent sous bonne garde. Puis ils fouillèrent les environs sans rien découvrir d'anormal. Prudent, le chef posta des soldats supplémentaires aux points stratégiques.

En passant par les portes massives, moment de peur et d'excitation, Drizzt espéra avoir laissé derrière lui ses instincts de chasseur.

CHAPITRE V

ALLIÉ IMPIE

Peu pressé de retrouver sa mère, Dinin traînait dans le couloir qui menait à l'antichambre. Matrone Malice l'avait fait quérir. Vierna et Maya, hésitantes elles aussi, se tenaient devant les portes sculptées.

— De quoi est-il question ? leur demanda-t-il par gestes.

— Matrone Malice a passé la journée avec Briza et Shi'nayne, répondirent les mains de Vierna.

— A élaborer une autre expédition contre Drizzt ? demanda Dinin, peu enthousiaste.

— Etait-ce si terrible ? dit Maya. Briza n'a presque rien raconté.

— Ses doigts en moins et son fouet sans têtes en disaient long, observa Vierna, un sourire aux lèvres.

Comme tous dans la famille, elle ne portait pas Briza dans son cœur.

Dinin fit une grimace :

— Drizzt est devenu plus redoutable encore au combat. Je n'aurais pas cru cela possible...

— De quoi a-t-il l'air ? demanda Vierna.

Secrètement, elle espérait revoir son frère cadet. Ils avaient eu le même père. Décidément, elle éprouvait trop de sympathie pour Drizzt ; ça pouvait devenir dangereux.

Sans répondre, Dinin poussa la porte et entra.

— Votre frère a oublié comment frapper aux portes, fit observer Malice à ses deux « filles ».

Agenouillé près du trône, Rizzen jeta un coup d'œil par-dessus son épaule.

— Je ne t'ai pas donné l'autorisation de lever les yeux ! hurla Malice. (Il tomba à plat ventre.) Rampe !

Il rampa et couvrit de baisers la main qu'elle lui tendait. Elle lui flanqua un direct en pleine face, qui l'envoya bouler à plusieurs mètres.

Le fils aîné comprit la leçon.

— Si tu bouges, dit-elle à Rizzen, je te tue.

Il se tint parfaitement immobile, ne doutant pas une seconde qu'elle disait vrai.

— Tu as échoué, Dinin ! (Il ne protesta pas, n'osa plus respirer.) Et toi aussi, Briza ! Six guerriers entraînés à tes côtés et tu n'as pas été capable de me ramener Drizzt ! (Briza plia les doigts, magiquement régénérés par Malice.) Sept contre un, et tu reviens avec des contes à dormir debout !

— Je l'aurai, Mère Matrone, promit Maya, venant se ranger près de Shi'nayne.

— Audacieuse vantardise ! s'écria Briza, malgré l'air furibond de sa mère. Tu ne sais rien de notre frère cadet...

— Ce n'est qu'un mâle, rétorqua Maya, je...

— Tu serais hachée menu ! s'emporta la grande prêtresse de Lloth. Cesse tes rodomontades, petite sœur ! Dans les tunnels d'Ombre-Terre, Drizzt te tuerait en un clin d'œil !

Attentive, Malice tendait l'oreille. Elle avait plusieurs fois écouté le rapport de Briza ; elle connaissait la bravoure et les talents de sa fille aînée. Briza ne racontait pas d'histoires.

Maya renonça. Elle ne tenait pas à entrer en conflit avec sa sœur aînée.

— Pourras-tu le vaincre, demanda Malice à Briza, maintenant que tu sais à quoi t'attendre ?

Elle montra sa main en réponse. Il faudrait plusieurs semaines avant qu'elle retrouve le plein usage de ses doigts.

— Ou toi ? demanda Malice à Dinin.

Il dansa sur place, ne sachant que répondre. Vérité ou mensonge, l'un comme l'autre le mettrait en fâcheuse posture.

— Dis-moi la vérité ! tonna-t-elle. Aimerais-tu de nouveau lui donner la chasse pour regagner mon estime ?

— Je..., bafouilla-t-il. (Il sentit sa mère lancer un sort de détection de mensonge.) Non. Même au prix de ton estime, Mère Matrone, je ne le désire pas.

Maya, Vierna et Shi'nayne sursautèrent devant sa franchise. Elles savaient que rien n'était pire que la colère d'une Matrone. Briza hocha la tête. Elle comprenait.

— Mille pardons, Mère Matrone, poursuivit Dinin, désespéré. Je l'ai vu se battre. Il m'a terrassé sans mal. Il a triomphé de Briza, à la loyale ; je ne l'avais jamais vu vaincue ! Je ne souhaite pas traquer de nouveau mon frère. Je crains que le résultat te courrouce davantage encore. Et je refuse de déshonorer la Maison Do'Urden.

— Tu as peur ?

— Oui. Je ne pourrais que te décevoir, Mère Matrone. Dans ces tunnels où il est chez lui, Drizzt est au-delà de mes compétences. Je ne puis espérer le vaincre.

— Je peux tolérer une telle couardise chez un mâle...

Stoïque, Dinin avala l'insulte.

— Mais toi, dit Malice, se tournant vers Briza, une grande prêtresse de Lloth ! Un mâle renégat n'est sûrement pas trop fort pour les dons que t'a accordés la Reine Araignée.

— Ecoute Dinin, Matrone, répondit Briza.

— Lloth est avec toi ! lui cria Shi'nayne.

— Mais Drizzt est au-delà de ses pouvoirs, lui rappela sèchement Briza. Je crains que Dinin ne dise la vérité. Les étendues sauvages d'Ombre-Terre sont devenues le domaine de Drizzt. Nous ne sommes pas à la hauteur.

— Alors que faire ? maugréa Maya.

Malice posa son menton pointu sur ses mains. Même sous la menace, Dinin déclarait ne pas vouloir traquer Drizzt. Ambitieuse, puissante, et bénéficiant des faveurs de Lloth, Briza était de retour, des doigts et son fouet chéri en moins.

— Jarlaxle et sa bande de renégats ? proposa Vierna.

— Il refusera. (Malice avait déjà tenté de l'intéresser à l'affaire.) Je soupçonne la compagnie Bregan D'aerthe d'être aux ordres de Baenre. Drizzt est notre problème, que la Déesse Araignée nous ordonne de régler.

— Si tu me commandes d'y aller, j'irai, affirma Dinin. Je crains seulement de te décevoir. Ni les lames de Drizzt, ni la mort ne me font peur, si c'est pour te servir.

Il se doutait que sa mère n'avait pas l'intention de le renvoyer ; il aimait être généreux quand ça ne lui coûtait rien.

— Je te remercie, mon fils, dit-elle en souriant. Quitte-nous maintenant. Nos affaires ne concernent pas les mâles.

Il prit congé avec une révérence.

— Je me souviendrai de tes paroles, Dinin, lança-t-elle au dernier moment, par pur sadisme. Tu me prouveras un jour ta loyauté, sois sans crainte.

Toutes les cinq rirent de sa sortie précipitée.

A terre, Rizzen se débattait dans les affres d'un cruel dilemme. Les mâles ne devaient pas rester. Cependant Malice ne lui avait pas donné congé...

— Tu es encore là ? cria-t-elle d'une voix stridente. (Il bondit vers la porte.) Attends ! (Elle l'immobilisa d'un *dweomer* magique.) Je ne t'ai pas donné la permission de te relever ! Maya, Vierna, prenez-le et conduisez-le au donjon. Qu'il reste en vie ! Il pourra nous être utile plus tard...

Les deux femmes obéirent.

— Tu as un plan, n'est-ce pas ? dit Shi'nayne.

Elle savait que Malice n'agissait jamais au hasard. L'emprisonnement de Rizzen, qui n'avait rien fait de mal, servait sans doute quelque obscur dessein.

Malice ne daigna pas répondre.

— Je suis d'accord avec ton jugement, Briza, dit-elle. Drizzt n'est plus de notre ressort.

— Mais pour reprendre les termes de Matrone Baenre, il n'est pas question d'échouer, lui rappela Briza. Ton siège au Conseil doit être consolidé.

— Nous n'échouerons pas, dit Shi'nayne. En dix ans de conflit contre la Maison Do'Urden, j'ai payé pour comprendre les méthodes de Matrone Malice. Ta mère trouvera un moyen de l'attraper. (Malice eut un grand sourire.) Peut-être est-ce déjà fait.

— Nous verrons, ronronna Malice.

*
* *

Dans la grande chapelle, plus de deux cents soldats Do'Urden échangeaient des rumeurs sur les événements à venir. Ils étaient rarement admis en ces lieux, sauf pour les cérémonies.

Dinin Do'Urden circulait dans les rangs pour aider les hommes à se placer autour de l'autel central surélevé. Il était chargé de faire chanter juste cette foule.

Une tâche banale en apparence.

Mais la journée était essentielle pour la Maison Do'Urden, il l'aurait parié.

Malice l'avait averti qu'une seule fausse note lors de l'action de grâces signifierait sa mort. Une autre chose l'inquiétait : Rizzen aurait normalement dû se tenir à son côté. Il devait être tombé en disgrâce. Il était de notoriété publique que Malice avait sacrifié ses précédents partenaires à Lloth.

Une fois l'assistance assise, une lueur pourpre flotta sur la scène, permettant à la vision des elfes noirs de se réajuster à la lumière.

Tandis que des brumes envahissaient peu à peu la salle, Dinin entonna un chant rauque de gorge, repris par toute l'assistance.

Malice apparut ; sa toge noire frappée aux armes de Lloth voletait par magie autour d'elle. Elle descendit lentement des hauteurs, laissant à tous le temps de l'admirer.

Briza et Shi'nayne la rejoignirent sur l'estrade en lévitant.

D'un claquement de mains, Malice fit cesser le bourdonnement de centaines de gorges. Huit braseros s'enflammèrent.

Sur un appel de Malice, Vierna et Maya apparurent sur le seuil de la porte principale de la grande chapelle, flanquant Rizzen, groggy, pataud. Un cercueil flottant les suivait.

Il semblait clair que Rizzen allait être sacrifié à la Déesse Araignée. Cependant la présence d'un cercueil ne manqua pas de surprendre Dinin.

La fille cadette attacha la victime sur la table sacrificielle. Shi'nayne guida le sarcophage flottant près de Briza.

Sur un ordre de la Matrone, Dinin entonna le chant destiné aux vestales de Lloth. Les flammes des braseros redoublèrent d'intensité. Une brise soudaine fouetta la foule et l'entraîna dans une danse frénétique.

Les flammes furieuses bondirent et se rejoignirent au-dessus de la plate-forme circulaire. Puis les colonnes de feu se rejoignirent en une seule, tandis que les brasiers redevenaient normaux.

Le chant continua ; le pilier se métamorphosa en créature tentaculaire, aux traits allongés. Tous comprirent la gravité de l'instant ; il s'agissait d'une yochlol.

— Salutations, vestale, dit Malice à voix haute. Daermon N'a'shezbaernon est bien heureux de ta présence.

La yochlol scruta la salle un long moment, surprise par l'audace de la Matrone tombée en disgrâce. Seules les grandes prêtresse entendirent la question mentale :

— *Pourquoi oses-tu m'appeler ?*

— Pour réparer le mal ! s'écria Malice à voix haute, pour que tous puissent suivre cet instant dramatique. Pour regagner la faveur de notre Maîtresse, notre seule raison de vivre !

Sur un signe de sa mère, Dinin entonna les plus beaux chants de grâces voués à Lloth.

— *Ta cérémonie me plaît*, transmit mentalement la yochlol, s'adressant à Malice. *Mais cela n'arrange en rien tes problèmes !*

— *Ce n'est qu'un début*, promit la Matrone dans le secret de ses pensées. *Mon plus jeune fils a fait du tort à la Déesse Araignée. Il doit payer.*

Les autres grandes prêtresses, exclues de l'échange, se joignirent aux chants.

— *Drizzt Do'Urden est vivant*, lui rappela la yochlol. *Il ne dépend plus de toi.*

— *Ce sera bientôt terminé.*

— *Que désires-tu de moi ?*

— Zin-carla ! s'écria-t-elle.

La yochlol tressaillit à la folle témérité de cette demande. Les grandes prêtresses retinrent leur souffle : l'heure du triomphe ou du désastre était venue.

— *C'est le plus grand privilège*, reprit mentalement l'entité, *rarement accordé, même à des Matrones aimées de Lloth. Toi qui es en disgrâce, tu oses solliciter le Zin-carla ?*

— *Cela est juste et bon*, répondit-elle. (Puis, à voix haute, ayant besoin du soutien des siens :) Que mon plus jeune fils comprenne quelle folie a été la sienne, et le pouvoir des ennemis qu'il s'est faits ! Qu'il contemple la gloire de notre déesse, tombe à genoux et implore son pardon ! *Alors seulement le spectre lui transpercera le cœur*, ajouta-t-elle mentalement.

Les yeux révulsés, la yochlol alla chercher conseil dans son plan d'existence. De nombreuses minutes s'écoulèrent.

— *As-tu le cadavre ?* demanda-t-il enfin.

Maya et Vierna se ruèrent pour ouvrir le cercueil ; un cadavre en sortit pour se ranger au côté de Malice. Il était décomposé, le visage putréfié ; pourtant on le reconnut sans peine : c'était Zaknafein, le légendaire maître d'armes.

— *Tu veux le Zin-carla pour que celui que tu as sacrifié répare les torts de ton fils cadet ?*

— *Exactement.*

Elle sentit la satisfaction de la yochlol. Zaknafein avait inspiré à son élève des attitudes sacrilèges. Lloth, déesse du chaos, appréciait l'ironie. Que Zak soit le bourreau de celui dont il avait gâché l'existence lui plairait.

— *Zin-carla requiert un grand sacrifice*, dit la yochlol, semblant froncer les sourcils devant la maigre offrande qu'était Rizzen, ligoté sur la table. (Se tournant vers Malice, la créature parut soudain piquée au vif.) *Continue*, l'encouragea-t-elle.

Bras en croix, Malice scanda un nouveau chant. Sur un signe d'elle, Shi'nayne alla se placer au côté de Briza, dague sacrificielle en main - la plus belle du clan, en forme d'araignée aux huit pattes acérées. Elle la leva au-dessus de Rizzen, heureuse de la colère de Briza, à qui ce rôle était toujours revenu auparavant.

Malice l'arrêta, lui expliquant que cet honneur insigne *lui* était dû, cette fois.

Quand un silence total plana sur l'assemblée, elle reprit seule la psalmodie. *Takken bres duis bres...* Puis elle leva la dague. Toute la salle, suspendue à son geste, attendait l'extase provoquée par le sacrifice.

La dague s'abattit...

... En plein cœur de Shi'nayne, après que Malice eut exécuté un fulgurant demi-tour !

Huit pattes mortelles déchirèrent le cœur de sa rivale. La bouche pleine de sang, SiNafay ne réussit pas à lancer une ultime malédiction. Elle s'effondra, morte, sur Rizzen.

Tout le clan explosa en cris de joie et de triomphe ; tirant la lame de la poitrine ennemie, Malice exhiba le cœur encore palpitant de SiNafay.

— Perfidie ! s'écria Briza au-dessus du tumulte.

Elle était redevenue la fille aînée de la maison.

— *Perfidie !* reprit en écho la yochlol, ravie. *Sache que nous sommes heureux !*

Le cadavre ranimé tomba à terre.

— Mettez-le sur la table, vite ! ordonna Malice.

Briza sortit les onguents spéciaux, tandis que ses

jeunes sœurs débarrassaient la table de Rizzen et de SiNafay. La réputation de Malice, reine présumée des onguents, allait être mise à l'épreuve.

— *Tu n'as pas regagné la faveur de Lloth !* tonna la yochlol dans sa tête. (Malice tomba à genoux, la tête entre les mains. Progressivement, la douleur diminua.) *Mais tu as plu à la Reine Araignée, Malice Do'Urden. Il est clair que tes plans contre ton fils rebelle sont judicieux. Le Zin-carla t'est accordé. Sache que c'est ta dernière chance ! En cas de nouvel échec, tes plus grandes terreurs n'approcheront pas la réalité !*

Dans une boule de feu qui secoua toute la chapelle, la yochlol disparut. La frénésie s'empara de nouveau de la foule. Dinin commença un nouveau chant de grâces.

— *Dix semaines !* rugit mentalement pour la dernière fois la vestale de Lloth.

Durant dix semaines, soit soixante-dix cycles de Narbondel, le clan au grand complet continua de se réunir dans la chapelle pour chanter les louanges de Lloth. Pendant ce temps, Malice et ses filles travaillaient sur le cadavre.

Un Zin-carla était un zombi d'un type particulier. Conservant les talents de son ancienne vie, il était contrôlé par la Mère Matrone désignée par Lloth. C'était le don le plus précieux de la déesse, rarement sollicité, et plus rarement encore accordé. Car rendre l'esprit au corps après la mort était un exercice périlleux ; il fallait séparer les compétences des souvenirs et des émotions inopportunes. La frontière entre conscience et contrôle de soi était bien mince, même pour qui possédait la force mentale d'une grande prêtresse. Le sort pouvait basculer à tout moment.

Face à un échec, Lloth n'était pas encline à la clémence.

CHAPITRE VI

BLINGDENSTONE

Blingdenstone était différente de tout ce que Drizzt connaissait. Il s'attendait à une ville comme Menzoberranzan, quoique plus petite.

Il n'aurait pas pu se tromper davantage.

Si la cité des Drows avait pour cadre une immense caverne, Blingdenstone était constituée de cavités reliées par des tunnels. Les portes s'ouvraient sur les casernes des gardes. Des dizaines de gradins et d'escaliers obligeaient d'éventuels envahisseurs à une gymnastique épuisante. Des murets de pierres complétaient le tableau.

Une multitude de Svirfneblins vint se percher sur ces parapets pour regarder passer l'elfe noir. Ils étaient prêts à le cribler de flèches et de cailloux au moindre geste menaçant.

Le détachement longea des allées sinueuses aux pentes abruptes ; seule la voûte offrait un repère dans ce labyrinthe. L'elfe sourit intérieurement en songeant qu'une armée aurait du mal à s'orienter dans cet ingénieux dédale.

Au terme d'un long corridor, ils atteignirent la ville. Elle était construite en gradins ; des grottes s'alignaient le long des murs, éclairées par des braseros. Un spectacle rare à Ombre-Terre.

Lumineuse et chaleureuse, Blingdenstone n'était pas non plus inconfortable.

On jeta des regards curieux à l'elfe captif, sans s'appesantir, car les gnomes étaient de nature industrieuse, peu enclins à bayer aux corneilles.

Les rues convergeaient vers un grand bâtiment de pierre.

Une fois à l'intérieur, les Svirfneblins le poussèrent le long de corridors sinueux qui aboutirent à une chambre circulaire de trois mètres de diamètre, et fort basse de plafond. Elle ne contenait qu'un siège de pierre. On l'y enchaîna, sans toutefois le brutaliser inutilement.

Puis on l'abandonna dans la pièce obscure.

Les heures passèrent.

Il fit jouer ses muscles, cherchant à se libérer. La morsure du métal sur ses poignets le ramena à la raison.

— Non ! hurla-t-il dans le silence.

Tous les membres tétanisés, il se contraignit à se détendre. Jusqu'ici, les choses auraient pu être pires. Ce n'était pas le moment de désespérer. Mais pourrait-il convaincre le chasseur ?

Un groupe de sept anciens fit irruption dans sa cellule ; leurs toges brodées de fils d'or les désignaient comme des personnages de haut rang. Ils l'examinèrent, échangeant des commentaires dans leur étrange langage.

Un Svirfneblin brandit l'emblème du clan de Drizzt :

— Menzoberranzan ?

Saisissant l'occasion de communiquer, l'elfe hocha la tête autant que l'anneau de métal, autour de son cou, le lui permettait. Mais ses geôliers retournèrent à leur discussion.

Aux inflexions de leurs voix, deux au moins n'appréciaient guère la présence d'un ennemi dans leur cité. La dispute s'envenima ; Drizzt s'attendit à ce que l'un d'eux se retourne et l'égorge séance tenante.

Mais les gnomes des profondeurs n'étaient ni brutaux ni cruels. Un vieil homme se campa devant lui et lui demanda en un drow hésitant :

— Par les pierres, elfe noir, pourquoi es-tu là ?

Drizzt ne pouvait répondre à cette question. Comment expliquer ses années de solitude ? Ou sa décision de renier son peuple pour vivre en accord avec ses principes ?

— Ami, dit-il simplement.

Il s'énerva intérieurement, estimant sa réponse absurde et inadaptée.

Le Svirfneblin ne parut pas du même avis.

— Tu... tu es venu de Menzoberranzan ?

— Oui, dit Drizzt, reprenant confiance. (Le gnome pencha la tête ; il attendait la suite.) J'ai quitté Menzoberranzan il y a des années. Ce ne fut jamais ma maison.

— Ah, mais tu mens, elfe noir ! s'écria le Svirfneblin.

Il brandit l'emblème des Do'Urden.

— J'ai vécu longtemps dans la cité, corrigea l'elfe. Je suis Drizzt Do'Urden, second fils de la Maison Do'Urden, Daermon N'a'shezbaernon.

Le gnome se tourna vers ses camarades, trépignant d'excitation. Apparemment, ce nom antique ne leur était pas inconnu. Quand il regarda de nouveau Drizzt, il se tapota le menton, perplexe.

— Selon nos sources, dit-il, la Maison Do'Urden existe toujours. Tu n'es pas le survivant d'un massacre !

— J'ai renié ma patrie... J'ai choisi d'être ici...

— Ah, elfe noir, que tu sois ici de ton propre gré, je peux le croire, mais renégat par choix... ? Tu es un espion !

Le Svirfneblin était passé sans transition de la colère à la peur, de la peur à la placidité. Etait-ce courant chez ceux de son espèce ? Ou ces brusques changements d'attitude étaient-ils destinés à désorienter un coupable ? Il sortit la figurine des plis de sa tunique :

— Dis-moi la vérité, elfe noir, et épargne-toi du tourment : cet objet, qu'est-il vraiment ?

Les muscles de l'elfe se tendirent. Appeler Guenhwyvar, pour qu'il déchiquette ces vieux gnomes, récupérer les clefs sur leurs cadavres... Il serait libre...

Drizzt se ressaisit. Il savait ce qu'il faisait en se livrant à ses ennemis. S'ils le prenaient pour un espion, il serait exécuté. Dans le cas contraire, prendraient-ils le risque de l'épargner ?

Le gnome lui redemanda ce qu'était la figurine.

— Un compagnon. Mon seul ami. (Il réfléchit ; Guenhwyvar méritait mieux que de finir en statuette décorative chez les gnomes.) Son nom est Guenhwyvar. Appelez-le et il viendra. Il est très précieux et très puissant. C'est une panthère.

Curieux mais prudent, le gnome scruta tour à tour l'elfe et la statuette. Puis il montra l'objet à un compagnon, pour qu'on l'emporte. Si le captif disait vrai, il venait de trahir le secret d'un formidable enchantement. Par la même occasion, il avait renoncé à sa seule chance de salut. Malgré une expérience de deux cents ans, le gnome était mal à l'aise. Les elfes noirs étaient cruels et maléfiques. Que faire d'un individu qui ne correspondait pas aux normes ?

La conversation reprit entre les anciens. Puis tous partirent, sauf celui qui parlait la langue de l'elfe.

— Qu'allez-vous faire ? demanda Drizzt.

— Le jugement est le privilège du roi. Il décidera de ton sort dans quelques jours, avec l'aide du Conseil, c'est-à-dire mes compagnons et moi. (Il fit une profonde révérence.) M'est avis, elfe noir, que tu seras exécuté. (Drizzt hocha la tête, résigné.) Mais je crois que tu es différent. Je crois que je recommanderai la clémence, même s'il faut t'exécuter.

Le ton du gnome éveilla en lui de lointains souvenirs ; un autre Svirfneblin avait utilisé les mêmes termes des années plus tôt, lors de la sanglante patrouille.

— Attends ! Ne pars pas si vite !

— Quoi donc ?

— J'ai connu un gnome des profondeurs... Il devait venir d'ici.

— Tu connais un des nôtres, elfe noir ? Son nom ?

— Je l'ignore. Je faisais partie d'un détachement, il y a dix ans. Nous combattions des Svirfneblins qui avaient empiété sur notre territoire. Un seul a survécu, je crois ; il est retourné à Blingdenstone.

— Quel était le nom de ce survivant ? demanda le vieillard.

— Je l'ignore, te dis-je !

— Pourquoi mentir ? s'emporta le gnome. Je te croyais différent...

— Il a perdu ses mains dans la bataille. Je t'en prie, tu dois le connaître !

— Belwar ?

Le nom éveilla un écho dans la mémoire de Drizzt. En fait, il avait su le nom ; mais il l'avait oublié, peut-être à cause de sa culpabilité.

— Belwar Dissengulp... Il est vivant ! Peut-être se souviendrait-il...

— Il n'oubliera jamais ce jour maudit, elfe noir ! Personne, à Blingdenstone, n'oubliera ce jour maudit !

— Amenez-le !

Le gnome recula et sortit, désarçonné par tant de surprises. L'elfe prisonnier resta seul. Il s'occupa à méditer sur sa condition mortelle et à se défendre d'espérer l'impossible.

*
* *

— Croyais-tu que je te laisserais mourir ? dit Malice à Rizzen. Ce n'était qu'une ruse pour endormir les soupçons de SiNafay Hun'ett.

— Merci, Mère Matrone, murmura Rizzen, sincère.

Il s'éloigna du trône à reculons.

— Zin-carla est prêt à agir ! annonça Malice à la famille rassemblée.

Dinin se frotta les mains. Vierna alla tirer un rideau, révélant Zaknafein à la vue de tous. Le maître d'armes avait retrouvé sa vitalité d'antan.

— Plus beau que jamais, mon cher Zaknafein, souffla Malice au *revenant*.

— Et plus obéissant, ajouta Briza, à l'hilarité générale.

— Trop beau pour inspirer de la peur à mon fils, dit Malice. Prends ta lame, Rizzen, et défigure ton ancien rival. Cela te fera plaisir, et inspirera de la terreur au garçon !

D'abord hésitant, Rizzen gagna en assurance à voir le revenant parfaitement immobile et absent. Il tira son épée et se fendit pour lacérer le visage inerte...

Il ne l'atteignit jamais.

Plus vif que l'éclair, Zak sortit son épée et sa dague ; une lame fit voler l'arme de Rizzen dans les airs puis se planta dans sa gorge, l'autre le frappa en plein cœur. Rizzen mourut avant d'avoir pu émettre un son. Le maître d'armes continua son assaut. Il hacha menu le cadavre, jusqu'à ce que Malice l'arrête d'un geste.

— Il commençait à m'ennuyer, expliqua-t-elle à ses enfants, ébahis. Un autre partenaire, choisi dans la soldatesque, attend mon bon plaisir.

Les partenaires et les enfants de la Matrone s'en souciaient comme d'une guigne ; mais la vitesse et l'excellence du maître d'armes les laissaient sans voix.

— Aussi doué que de son vivant, commenta Dinin.

— Plus encore ! exulta Malice. Il est le guerrier qu'il était, et ses pensées se focalisent sur le combat. Sa concentration est absolue. Regardez-le, mes enfants : Zin-carla, le présent de Lloth !

— Je n'approcherai pas de cette chose, déclara Dinin, craignant que sa sinistre mère ne prémédite une autre démonstration sanglante...

— Ne crains rien, fils aîné ! railla-t-elle.

Dinin ne se détendit guère ; Malice n'avait pas besoin de prétexte pour frapper. Le cadavre de Rizzen, coupé en morceaux, le prouvait assez.

— Tu conduiras le revenant dans la région où vous avez rencontré votre frère. Puis tu reviendras. Zaknafein connaît sa proie. Qu'y a-t-il ? Des objections ?

— Je ne doute pas du pouvoir du zombi, ni de la magie dont tu l'as doté, commença la fille aînée, hésitante.

Elle savait que Malice cette fois n'accepterait aucun désaccord.

— Tu crains encore ton frère cadet ?

Briza ne sut quoi répondre.

— Apaise tes craintes, aussi logiques qu'elles te

semblent, dit Malice calmement ; tous, ici, chassez vos peurs ! Zaknafein est le présent de notre reine. Rien ne l'arrêtera ! Tu n'échoueras pas, n'est-ce pas, mon maître d'armes ?

Impassible, lames ensanglantées au fourreau, les yeux ne cillant pas..., Zaknafein était hiératique. Sans vie.

Mais ceux qui l'auraient cru apathique n'avaient qu'à baisser les yeux sur les restes de celui qui avait été le partenaire de Malice.

DEUXIÈME PARTIE

BELWAR

Amitié : un terme qui signifie beaucoup de choses différentes pour les diverses races et cultures d'Ombre-Terre et de la surface des Royaumes. A Menzoberranzan, l'amitié est en général fondée sur une exploitation mutuelle. Tant que l'union est à l'avantage des deux parties, elle reste solide. Mais la loyauté n'est pas le fort de la vie drow ; sitôt qu'un des deux amis pense avoir avantage à se débarrasser de l'autre, l'union - c'est-à-dire, souvent, la vie de ce dernier - connaît une fin rapide.

J'ai eu peu d'amis dans ma vie. Si je vivais encore un millénaire, je soupçonne que ce serait encore vrai. Il n'y a pas de quoi se lamenter, car ceux qui m'ont appelé leur ami sont des hommes de haute stature, qui ont enrichi mon existence et lui ont donné un sens. Il y eut d'abord Zaknafein, mon père et mon mentor, qui me prouva que je n'étais pas seul, et que je n'avais pas tort de m'en tenir à mes principes.

J'étais pourtant en pleine déroute quand un gnome

des profondeurs, manchot, entra dans ma vie, un Svirfneblin que j'avais sauvé d'une mort certaine bien des années plus tôt. Mon geste fut amplement récompensé quand nous nous retrouvâmes, car sans lui, j'aurais été exécuté.

Le temps que je passai à Blingdenstone fut bref, comparé à la longueur de mon existence. Mais je garde un souvenir précis de la cité de Belwar Dissengulp et de son peuple ; je m'en souviendrai toujours.

Je rencontrai en eux, pour la première fois, une société qui reposait sur la solidarité et non sur l'égoïsme. Ensemble, les gnomes résistent aux périls d'Ombre-Terre, peinent pour extraire le minerai, et jouent à des jeux difficilement séparables des autres aspects de leur vie.

Plus forts en effet sont les plaisirs quand on les partage.

Drizzt Do'Urden.

CHAPITRE VII

TRÈS HONORÉ GARDIEN-PIOCHEUR

— Merci d'être venu, très honoré gardien-piocheur, dit un gnome.

Tout le groupe assemblé près de la salle ronde fit une révérence.

Belwar Dissengulp frémit. Il ne s'était toujours pas habitué aux lauriers dont on le couvrait depuis ce jour désastreux, dix ans plus tôt, où les elfes noirs avaient surpris son équipe près de Menzoberranzan. Horriblement mutilé, presque exsangue, il était parvenu à rejoindre les siens, unique survivant de l'expédition.

La salle ronde avait une fenêtre camouflée par magie à la vue des prisonniers, mais qui permettait aux Svirfneblins de les surveiller.

Belwar étudia l'elfe noir sans comprendre pourquoi on l'avait appelé.

— Le prisonnier prétend qu'il t'a rencontré en Ombre-Terre, chuchota l'ancien. En ce jour de grand deuil.

Belwar frémit. Combien de fois devrait-il revivre ce cauchemar ?

— C'est bien possible, concéda-t-il. Pour moi, ils se ressemblent tous !

Dans sa cellule, Drizzt tourna la tête vers eux, mais il ne pouvait les voir.

Dans la pièce obscure, des yeux d'elfe noir auraient dû paraître rouges. Ceux-ci avaient une lueur lavande. Le gnome se souvint.

— *Magga cammara*, souffla-t-il. Drizzt !

Il leva ses moignons, l'un terminé par la lame en mithril d'une pioche, l'autre par une tête de marteau :

— Ce Drow, ce Drizzt, bégaya-t-il. C'est à lui que je dois...

On murmura des prières pour le prisonnier.

— La décision du roi Schnicktick est donc maintenue. Il doit être exécuté sur-le-champ, dit un vieillard.

— Mais ce Drizzt m'a sauvé la vie ! objecta Belwar, surprenant tout le monde. Il n'a jamais voulu qu'on me tranche les mains ! C'est lui qui a proposé qu'on me laisse repartir. « Comme exemple », a-t-il prétexté pour calmer les siens. La vérité, je la connais : c'était de la compassion !

*
* *

Une heure plus tard, un conseiller alla informer le captif que le roi avait décidé son exécution.

— Je comprends, répondit Drizzt, aussi calmement qu'il put. Je n'offrirai aucune résistance.

Le Svirfneblin dévisagea l'étrange prisonnier ; il était sincère.

— Je ne désire qu'une faveur, pour la panthère, continua l'elfe. C'est un compagnon de valeur et un ami cher. Quand je ne serai plus, faites en sorte qu'il ait un maître qui le mérite, Belwar Dissengulp peut-être. Promets-le-moi, gnome, je t'en conjure !

Interdit, le petit être secoua sa tête chauve.

— Le roi ne pouvait prendre le risque de te laisser la vie sauve. Mais la situation a changé ! Le gardien-piocheur se souvient de toi ! Le très honoré Belwar Dissengulp a parlé en ta faveur ; il accepte de te surveiller !

— Alors... je ne vais pas mourir ?

— Non. Du moins, si tu te tiens tranquille.

— Et je pourrai rester avec vous, à Blingdenstone ?

Le cœur de Drizzt battait à tout rompre.

— Cela reste à décider. Belwar Dissengulp s'est porté garant de toi, ce qui est un grand honneur. Tu vivras avec lui. A partir de là...

Il laissa sa phrase en suspens.

Une fois libre, Drizzt fut escorté par deux gardes dans les rues de la cité. A ses yeux, tout contrastait avec Menzoberranzan. Les elfes noirs avaient fait de leur grotte une œuvre d'art d'une beauté indéniable. La cité des gnomes était belle, mais moins apprêtée. Là où les elfes avaient transformé la roche selon leurs goûts, les Svirfneblins s'étaient adaptés.

Menzoberranzan avait une tout autre grandeur que Blingdenstone. La cité drow était un magnifique ensemble de châteaux forts. La ville des gnomes était plus *communautaire*. Ses lignes étaient différentes ; les contreforts et les niveaux dessinaient de gracieuses arabesques. Menzoberranzan était tout en angles, aigus comme la pointe d'une stalactite. Les deux cités étaient caractéristiques des peuples qui y vivaient : l'une anguleuse et l'autre courbe, comme les cœurs de leurs habitants.

A l'écart, minuscule structure près d'une grotte plus petite encore se trouvait la demeure de Belwar. Les gardes conduisirent l'elfe jusqu'à la porte de pierre, qui s'ouvrit instantanément sur le nain estropié. Drizzt et Belwar échangèrent le même regard que dix ans plus tôt.

Malgré lui, Drizzt baissa le regard sur les bras mutilés. Ses yeux s'écarquillèrent quand il découvrit l'ingénieux arrangement : une tête de marteau en mithril était adaptée au moignon droit. On y avait gravé des runes magiques et des dessins d'élémentaux.

La prothèse gauche n'était pas moins spectaculaire : une pioche en mithril, également ornée de runes et de gravures, dont un dragon splendide qui prenait son envol. De nombreux mages svirfneblins avaient dû élaborer ces instruments de magie.

— C'est utile, déclara Belwar.

— C'est beau, murmura l'elfe.

Si un Drow mutilé de la sorte s'était traîné jusqu'à Menzoberranzan, sa famille l'aurait jeté à la rue. Il y aurait croupi jusqu'à ce qu'un esclave ou un autre misérable mette un terme à ses souffrances. Les faibles n'avaient aucune place dans la culture drow.

Belwar renvoya les gardes malgré leur réticence. Une fois à l'intérieur de sa demeure, il révéla à l'elfe que deux hommes, par prudence, étaient postés à proximité.

— Ils s'inquiètent trop pour moi.

— Tu devrais leur en être reconnaissant.

— Je ne suis pas ingrat ! cria le gnome, le rouge au front.

Drizzt comprit que Belwar estimait ne pas avoir droit à tant d'égards ; il n'ajouta rien pour ne pas embarrasser son hôte.

L'intérieur était ascétique ; une table de pierre, un tabouret, quelques étagères garnies de flacons et de brocs, un âtre avec une grille pour cuisiner. A l'arrière, donnant directement dans la grotte, se trouvait la chambre à coucher du gnome. Un hamac était en place ; un second acheté pour son invité était encore plié à terre.

— Pour quelle raison es-tu venu ? demanda le Svirfneblin, examinant les vêtements déchirés et la face crasseuse de Drizzt. Dis-moi aussi d'où tu viens ?

Drizzt s'assit sur le sol, le dos contre le mur.

— Je suis venu parce que je n'avais nulle part où aller, répondit-il franchement.

— Depuis combien de temps as-tu quitté ta cité, Drizzt Do'Urden ?

Même prononcées avec douceur, les paroles du gnome résonnaient avec une belle clarté métallique. Le Drow s'étonna de la richesse de ses inflexions ; de subtils changements de ton faisaient toute la différence entre la compassion et l'intimidation.

Haussant les épaules, il leva les yeux au plafond, plongé dans les corridors du temps.

— Des années... J'ai perdu le compte. Le temps ne compte pas en Ombre-Terre.

Belwar n'en douta pas, à l'allure dépenaillée de son hôte. Il se souvint de la formidable victoire de l'elfe contre un élémental. S'il avait survécu seul tant d'années...

— Tu dois me conter tes aventures, Drizzt Do'Urden. Je désire tout savoir de toi, pour mieux comprendre la raison de ta venue chez tes ennemis ancestraux.

Il y eut un long silence. Par où commencer ? Le Svirfneblin comprendrait-il les états d'âme qui l'avaient contraint à s'exiler ? Lui qui vivait dans une communauté fraternelle réaliserait-il la tragédie qu'était Menzoberranzan ?

Sans passion, l'elfe noir raconta sa vie au gnome.

Quand il se tut, Belwar tenait toutes les réponses à ses questions.

— *Magga cammara*, murmura-t-il. (Drizzt releva la tête d'un air interrogateur.) Cela veut dire : « Par les pierres. »

Un long silence s'ensuivit.

— C'est une grande histoire.

Belwar lui tapa sur l'épaule, et alla installer le second hamac en un tour de main.

— Dors en paix, Drizzt Do'Urden. Tu n'as aucun ennemi ici. Aucun monstre ne se tapit derrière la pierre de ma porte.

Drizzt s'endormit en proie à l'indéchiffrable tourbillon de ses pensées et de ses émotions. Mais l'espoir revenait.

CHAPITRE VIII

ÉTRANGERS

Du seuil de la petite maison troglodytique, Drizzt observait les activités de la ville depuis des semaines.

Il avait l'impression d'être dans une période d'hibernation. Il n'avait plus revu Guenhwyvar depuis son arrivée, et il n'espérait pas davantage revoir son *piwafwi* ou ses armes. Stoïque, il s'accoutumait à la situation.

Il regardait la vie suivre son cours...

Ce jour-là, une fois n'était pas coutume, Belwar était sorti. Le gnome lui manquait, même s'il s'était révélé peu loquace.

Un groupe de jeunes Svirfneblins lui lança quelques mots. Grâce aux rudiments de svirfneblin que Belwar lui apprenait, il reconnut quelques termes amicaux.

Des heures plus tard, le gnome revint et trouva son ami toujours assis sur le seuil, à contempler le spectacle du monde.

— Dis-moi, elfe noir, demanda-t-il de sa voix

mélodieuse, que vois-tu quand tu nous regardes ? Te semblons-nous si étranges ?

— Je vois l'espoir. Et le désespoir.

Belwar comprit. La société svirfnebline correspondait mieux aux principes du Drow ; en être toujours tenu à l'écart devait le faire souffrir.

— Le roi Schnicktick et moi avons parlé, expliqua le gardien-piocheur. En vérité, tu l'intéresses beaucoup.

— Disons plutôt que j'éveille sa curiosité, sourit Drizzt.

— C'est vrai, admit le petit être. Tu es différent des autres elfes noirs. N'y vois aucune offense.

— Bien sûr que non. Ton peuple m'a donné plus que je n'osais espérer. Il aurait été normal de me tuer le jour où je suis arrivé.

— Tu devrais te joindre aux jeunes, Belwar.

Drizzt fut surpris ; il pensait que ses mouvements étaient limités. Dehors, une douzaine de jeunes s'amusaient à faire une statue de basilic avec de grosses pierres et des pièces d'armures. Les Svirfneblins étaient doués pour l'art magique de l'illusion ; la statue prenait lentement forme.

— Elfe noir, tu dois sortir un peu. Combien de temps encore supporteras-tu ces murs vides ?

— Ils te conviennent bien ! répondit Drizzt, un peu trop sèchement.

Belwar eut soudain l'air triste et résigné :

— Le fait est... *Magga cammara*, elfe noir !

— Pourquoi ? Pourquoi Belwar Dissengulp, le très honoré gardien-piocheur... (le gnome frémit à nouveau) reste-t-il à l'ombre de ses murs ?

— Sors, gronda-t-il. Tu es jeune et le monde est devant toi. Je suis vieux. Ma vie est finie.

Il s'en fut dans la chambre.

Drizzt secoua la tête, frustré. Belwar avait tant fait pour lui ; il l'avait sauvé de l'exécution et il lui avait donné son amitié. L'elfe aurait voulu lui rendre la pareille, découvrir ce qui le tourmentait. Il saurait, se promit-il.

Il retourna son attention sur le groupe de jeunes, et intrigué, osa se joindre à eux. Le jeu s'arrêta. Les jeunes gens l'entourèrent, les yeux brillant de curiosité.

Drizzt se crispa. Il dut se rappeler que les Svirfneblins n'étaient pas ses ennemis.

— Salutations, ami drow de Belwar Dissengulp, dit l'un d'eux. Je suis Seldig ; je deviendrai mineur dans trois ans.

Il fallut un long moment à Drizzt pour saisir le sens des paroles. Puis il se souvint que les mineurs, dans cette société, occupaient une position enviable.

— Salutations, Seldig, dit-il enfin. Je suis Drizzt Do'Urden.

Ne sachant quoi faire, il croisa les bras, un geste de paix pour les elfes noirs. Les Svirfneblins se regardèrent, étonnés, puis l'imitèrent et sourirent de son soupir de soulagement.

— Tu errais dans les tunnels, dit-on.

— Depuis des années, répondit Drizzt.

Seldig s'assit en tailleur. Ses compagnons l'imitèrent.

— Dis-nous comment c'était ?

L'elfe noir hésita à leur raconter une ou deux de ses aventures ; il ne connaissait pas suffisamment leur langue. La statue du basilic lui donna une idée. Les jeunes furent intrigués, effrayés et ravis d'apprendre que l'elfe en avait rencontré *un vrai*. A l'inverse des Drows, les Svirfneblins protégeaient leurs enfants. Ces gnomes avaient le même âge que lui, mais ils ne s'étaient jamais aventurés hors de la ville.

— Tu disais que les basilics n'étaient pas réels ! cria un Svirfneblin à un autre.

Il ponctua sa déclaration d'une bourrade.

— Jamais je n'ai dit cela ! protesta l'apostrophé, poussant à son tour son camarade.

— Mon oncle en a vu un une fois, dit un troisième comparse.

— Des éraflures dans la roche, voilà tout ce qu'il a vu ! s'esclaffa Seldig. C'étaient les *traces* laissées par un basilic. Il le reconnaît lui-même.

Le sourire de Drizzt s'élargit. Les basilics étaient des créatures surnaturelles, mieux connues dans d'autres plans d'existence. Alors que les Drows, plus particulièrement les grandes prêtresses, ouvraient souvent des portes donnant sur d'autres univers, ces monstres étaient à l'évidence au-delà de l'imagination des gnomes. Bien peu d'entre eux avaient posé les yeux sur ces créatures. Un plus petit nombre encore était revenu pour en parler.

— Si ton oncle avait suivi la piste et trouvé le monstre, continua Seldig, il serait resté jusqu'à la fin des temps assis sur un rocher, transformé en bloc de pierre ! Et les statues, que je sache, ne racontent pas d'histoires.

Vexé, le Svirfneblin chercha du regard quelqu'un qui pourrait venir à son aide.

— Drizzt Do'Urden en a vu un ! protesta-t-il. Il n'a rien d'un bloc de pierre !

Tous les regards se tournèrent vers Drizzt.

— As-tu vraiment vu un basilic, elfe noir ? demanda Seldig. Dis la vérité, je t'en prie.

— J'en ai vu un.

— Et tu lui as échappé avant qu'il te pétrifie du regard ?

— Echappé ? répéta-t-il, incertain du sens.

— Echappé... euh, enfui, expliqua Seldig.

Il regarda un camarade : ce dernier prit un air horrifié, trébucha et courut à l'écart.

Les autres applaudirent la pantomime improvisée,

et Drizzt se joignit à leurs rires.

— Tu as couru loin du monstre avant qu'il ne te regarde dans les yeux, déduisit Seldig.

L'elfe haussa les épaules, embarrassé ; Seldig devina qu'il cachait quelque chose.

— Tu n'as pas fui ?

— Je n'ai... pas pu. Le basilic a envahi mon territoire, et tué mes rothes. Les sanctuaires, expliqua-t-il, cherchant ses mots, sont rares en Ombre-Terre, et il faut les défendre à tout prix.

— Tu t'es battu ? cria l'un d'eux. A coups de pierre ?

— Mes bras ne peuvent soulever que des cailloux ridicules, plaisanta l'elfe.

— Alors comment ? demanda Seldig. Tu dois nous dire.

Drizzt tenait son histoire. Il rassembla ses idées ; son vocabulaire étant limité, il décida de mimer. Il s'empara de deux bâtons, expliqua ce qu'étaient des cimeterres, puis estima que la statue supporterait son poids.

Fascinés, les jeunes firent cercle autour de lui. Drizzt invoqua une vraie sphère de ténèbres autour de la gueule de pierre. Le drame se déroula de nouveau sous les yeux des gnomes.

Drizzt se prenait à son propre jeu, ses souvenirs aiguisés par la reconstitution.

Les gnomes approchèrent, sûrs d'assister à une éblouissante passe d'armes.

Quelque chose de terrible arriva.

Au début, il était Drizzt l'acteur, qui régalait ses nouveaux amis d'une histoire héroïque. L'instant suivant, ce fut le chasseur qui se dressa sur le dos du monstre factice, ses longs bâtons en main. Il frappa furieusement la tête de pierre.

Les Svirfneblins reculèrent, par peur ou par prudence. La tête de la statue roula à terre, désintégrée.

Il frappa et frappa encore, ivre de rage. Le bois se brisa entre ses mains, il déchira ses paumes. Le chasseur ne sentit rien.

Des mains puissantes l'agrippèrent. L'elfe repoussa les gnomes, les envoya rouler à trois mètres de lui. Il se dressa, ses bouts de bois en main.

— Drizzt ! Drizzt Do'Urden ! appela Belwar, les bras croisés, le visage impassible.

La vue des mains de mithril le calma. Sonné, honteux, redevenu lui-même, il lâcha ses armes, et perdit conscience.

Belwar le rattrapa, le porta jusqu'à la maison, et le coucha dans son hamac.

*
* *

Drizzt eut un sommeil agité.

— Comment t'expliquer ? dit-il plus tard dans la nuit à Belwar, assis avec lui à la table de pierre. Comment m'excuser ?

— Inutile de t'excuser.

— Tu ne comprends pas...

— Tu as survécu de nombreuses années dans les tunnels d'Ombre-Terre, là où d'autres seraient morts mille fois.

— Est-ce vraiment moi qui ai survécu ? se demanda Drizzt à voix haute.

Belwar tapa doucement sur son épaule. Ils restèrent assis côte à côte toute la nuit. Le gardien-piocheur lui offrait son soutien muet.

Des heures plus tard, Seldig les héla depuis le seuil :

— Viens, Drizzt Do'Urden : conte-nous d'autres histoires d'Ombre-Terre.

— Eh bien, elfe noir, gloussa Belwar, ils ne te laisseront plus en paix.

— Renvoie-les.

— Tu abandonnes si vite ? Toi qui as survécu à tant d'épreuves ?

— C'est trop dangereux, répondit l'elfe. Je ne peux contrôler... me débarrasser de...

— Va les rejoindre, elfe noir. Ils seront plus prudents cette fois.

— Cette... bête... ne me quitte pas.

— *Magga cammara*, Drizzt Do'Urden ! Cinq semaines sont un court laps de temps, comparé à ce que tu as enduré durant dix ans. Tu auras ta liberté. (Drizzt lut la sincérité dans les yeux gris.) Mais seulement si tu la cherches.

— Viens avec nous, Drizzt Do'Urden, insista Seldig.

Cette fois, et tous les jours suivants, Drizzt, et *lui seul*, répondit à l'appel.

*
* *

Le roi des myconides vit l'elfe noir rôder dans le niveau inférieur de la caverne. Celui-là n'était pas Drizzt, mais le roi n'avait jamais eu d'autres contacts avec les elfes. Inconscient du danger, il se prépara à accueillir l'étranger.

Zaknafein le revenant n'esquissa pas le moindre geste. L'homme-champignon émit des spores pour établir un contact télépathique avec le nouveau venu.

Mais les morts-vivants existaient sur deux plans distincts, et leur esprit était fermé à de telles tentatives. Si le corps de l'elfe était là, son esprit était très loin, lié à son enveloppe charnelle par la seule volonté de Malice.

Le second nuage de spores, destiné à paralyser un adversaire, fut tout aussi inutile. Le myconide leva les bras pour écraser l'elfe qui marchait sur lui.

Zaknafein esquiva et lui trancha les mains avant de lacérer sauvagement son torse fongique. Du niveau supérieur accoururent des dizaines de myconides. Ignorant la peur, l'elfe acheva sa proie et se prépara à soutenir leur assaut.

Leurs spores ne purent rien contre lui.

Tous moururent.

Pacifiques et paisibles, ils cultivaient leur champ depuis des temps immémoriaux. Furieux, le zombi revint de la grotte abandonnée qui avait été le refuge de Drizzt, en saccageant tout sur son passage.

Les champignons géants tombèrent comme des mouches. Les rothes qui paissaient non loin, nerveux par nature, paniquèrent et s'enfuirent. Les myconides, eux, ne furent pas assez rapides pour échapper à ses coups.

Quand Zaknafein partit, la grotte n'était plus qu'un charnier. Le règne millénaire des hommes-champignons venait de s'achever.

CHAPITRE IX

CHUCHOTEMENTS DANS LES TUNNELS

La patrouille svirfneblin avançait avec précaution dans les tunnels sinueux, marteaux de guerre et pioches prêts à frapper. A moins d'un jour de Blingdenstone, les gnomes restaient quand même sur le pied de guerre.

Le tunnel puait la mort.

Le carnage était proche. *Des gobelins* ! cria mentalement le chef. Au milieu des dangers d'Ombre-Terre, les gnomes avaient recours à un lien empathique apte à véhiculer des pensées primaires.

Du hourvari de leur communication mentale émergea un plan de bataille. Le chef les avertit : *des gobelins morts* !

Ils vinrent jeter un coup d'œil par-dessus son épaule : une vingtaine de gobelins gisaient, déchiquetés, près de là.

L'œuvre d'un Drow, au vu des plaies nettes et précises. Seuls les Drows possédaient des lames aussi bien équilibrées et tranchantes.

— Ils sont morts depuis un jour ou deux, dit un

gnome. Les elfes noirs ne seront pas restés embusqués tout ce temps ! Ce n'est pas leur genre !

— Massacrer des gobelins sans faire de prisonniers ne leur ressemble pas non plus, dit un autre.

— Ils auraient fait des prisonniers s'ils étaient rentrés directement à Menzoberranzan. Gardien-piocheur Krieger, nous devons retourner à Blingdenstone faire notre rapport sur ce carnage !

— Ce serait un joli rapport, ironisa Krieger. Des gobelins morts dans les tunnels ? Et alors ?

— Ce n'est pas le premier indice d'activité drow dans la région.

Le gardien-piocheur ne pouvait contester la sagesse de la remarque. Deux patrouilles avaient récemment fait état de gobelins abattus dans les environs.

— Pouvons-nous être sûrs que c'est l'œuvre des elfes noirs ? Quelque autre créature peut rôder dans notre royaume, avoir trouvé des armes drows...

— Les plaies sont nettes et précises. Qui d'autre qu'un elfe noir peut être aussi efficace ?

Krieger inspecta les alentours en quête d'un indice. Les gnomes des profondeurs avaient une *intimité* avec la roche qui dépassait celle de la plupart des autres races ; les parois ne lui apprirent pourtant rien. Des armes, non des pattes griffues, avaient eu raison des gobelins, mais on n'avait pas détroussé leurs cadavres. Tous les corps étaient entassés dans un étroit périmètre, montrant que les malheureux n'avaient pas eu le temps de fuir. Cela laissait penser à une patrouille drow d'importance. Mais en ce cas, tous les objets de valeur eussent été dérobés. Sans l'ombre d'un indice, Krieger, un vieux routier, opta pour la prudence, et donna le signal du retour. Personne n'éleva la moindre objection ; les gnomes évitaient autant que possible de se frotter aux elfes noirs.

Lévitant dans les ombres de la voûte de la grotte, le revenant Zaknafein les suivit du regard.

*
* *

Sur son trône de pierre, le roi Schnicktick écouta attentivement le rapport du gardien-piocheur. Ses conseillers étaient nerveux ; il s'agissait du troisième rapport de la sorte ; la présence de Drows dans les tunnels de l'est se confirmait.

— Pourquoi Menzoberranzan chercherait-elle à reculer peu à peu nos frontières en empiétant sur nos terres ? Nos agents n'ont rapporté aucune intention belliqueuse de la part des elfes.

— *Quelque chose de dangereux* rôde en tout cas à l'est de notre ville, dit un autre conseiller.

— Il faut éclaircir le mystère, déclara le roi. Les tunnels de l'est sont interdits aux expéditions minières jusqu'à nouvel ordre. (Il calma les protestations d'un geste.) Les filons prometteurs seront exploités plus tard. Pour l'instant, toute la région est réservée aux patrouilles. Qu'on double les effectifs et les fréquences. Le périmètre s'étendra à trois jours de marche.

— Et nos agents dans la cité drow ? Devrons-nous les contacter ?

— Non. Gardons nos oreilles grandes ouvertes, mais n'alertons pas les Drows pour autant.

Si les informateurs acceptaient volontiers des gemmes en échange de renseignements mineurs, ils pouvaient aussi jouer les agents doubles en cas de préparatifs guerriers d'envergure.

Quoi qu'il en soit, après l'incident du basilic

factice, le roi Schnicktick de Blingdenstone avait son compte d'exploits drows.

*
* *

Dans les tunnels de l'est, les éclaireurs sentaient un calme inhabituel, même pour Ombre-Terre. Le mal rôdait, paralysant les autres habitants.

Une patrouille explora la caverne couverte de mousse. Le roi Schnicktick fut attristé d'apprendre la destruction des paisibles myconides et de leur champ de champignons.

Malgré les heures passées à arpenter les tunnels, les gnomes ne repérèrent jamais le moindre ennemi. Ils restaient convaincus que les elfes noirs, fourbes et brutaux par nature, étaient derrière tout cela.

— Et nous avons un Drow dans notre cité, dit un jour un conseiller au roi.

— A-t-il été cause de quelque trouble ? demanda Schnicktick.

— Rien de bien grave, répondit le conseiller. Et Belwar Dissengulp, le très honoré gardien-piocheur, se porte garant de lui et l'accueille sous son toit. Il refuse même qu'on poste des gardes près de sa demeure.

— Qu'on fasse surveiller le Drow, dit le roi après un instant de réflexion. Mais à distance. S'il est un ami, comme le croit maître Dissengulp, une surveillance discrète ne devrait pas l'offenser.

— Et au sujet des patrouilles ? demanda le conseiller militaire. Mes hommes sont gagnés par la lassitude. Ils n'ont rien vu de plus excitant que quelques escarmouches par-ci, par-là, et rien entendu d'autre que les frottement de leurs pieds fatigués sur le sol.

— Nous devons rester sur nos gardes, lui rappela le roi. Si les elfes noirs sont en train de se rassembler...

— Impossible, affirma le conseiller avec assurance. Nous n'avons trouvé aucun camp. La patrouille de Menzoberranzan, si patrouille il y a, attaque et disparaît par magie.

— Si les elfes noirs voulaient vraiment nous attaquer, dit un autre, laisseraient-ils derrière eux tant de traces ? Je n'ai jamais entendu parler de gobelins ou de myconides massacrés par des Drows en prélude à un assaut.

Le roi était du même avis. Chaque jour qui passait semblait écarter davantage la menace d'une invasion. Mais on ne pouvait ignorer ces carnages alarmants. Quelque chose menaçait les gnomes.

— Pourquoi des Drows hanteraient-ils les tunnels à l'est de notre ville, si loin de chez eux ?

— Une politique d'expansion ? proposa un conseiller.

— Des pillards renégats ? avança un autre.

— Ils cherchent quelque chose, dit un troisième.

C'était l'évidence ! Pourquoi ne pas y avoir pensé plus tôt ?

— Mais quoi ? Les elfes noirs s'intéressent peu aux travaux de la mine. Ils n'auraient pas à aller si loin pour trouver des pierres précieuses. Que peuvent-ils chercher ici ?

— Quelque chose qu'ils ont perdu, observa le roi. Ou quelqu'un...

Tous saisirent instantanément l'allusion.

La présence de Drizzt et ces attaques n'étaient sûrement pas une coïncidence.

Schnicktick donna ordre de resserrer la surveillance autour de leur hôte, et de contacter leur réseau d'espions à Menzoberranzan.

Le conseiller Firble, chef des services secrets, obtempéra sans enthousiasme. Les informations coûtaient cher, et elles étaient rarement fiables. Les Drows arrivaient en tête sur sa liste noire des mauvais indicateurs.

*
* *

Le revenant observait une autre patrouille. La science tactique de l'être qui avait été le meilleur maître d'armes de Menzoberranzan l'incitait à garder ses lames au fourreau depuis des jours. Zaknafein ne comprenait pas vraiment la raison du nombre croissant de gnomes des profondeurs présents dans le secteur, mais il devinait qu'il remettrait sa mission en cause s'il en tuait un. L'alerte générale ne manquerait pas d'inquiéter cette anguille de Drizzt.

Le revenant avait sublimé ses instincts sauvages ; il évitait désormais tout conflit dans la région. La volonté démoniaque de Matrone Malice Do'Urden ne cessait d'aiguillonner sa soif de vengeance. Grâce à l'infime parcelle de raison qui lui restait, il savait qu'il trouverait le repos éternel quand Drizzt le rejoindrait dans la mort. Il eut un autre accès de lucidité : les gnomes, comprit-il, étaient si nombreux que Drizzt aussi devait les avoir rencontrés.

Cette fois, il s'éloigna de la voûte constellée de stalactites, et suivit la piste des gnomes.

Blingdenstone... Ce nom évoquait quelque chose en lui.

CHAPITRE X

LA CULPABILITÉ DE BELWAR

Très souvent, dans les jours qui suivirent, Drizzt sortit rejoindre Seldig et ses nouveaux amis. Attentifs aux conseils de Belwar, les jeunes gnomes s'en tenaient à des jeux inoffensifs quand ils étaient en compagnie de l'elfe noir. Ils s'abstenaient de lui demander de rejouer les batailles qu'il avait livrées dans les profondeurs sauvages d'Ombre-Terre.

Avec le temps, Belwar et les autres observateurs jugèrent que Drizzt s'était adapté et qu'il ne constituait plus une menace. Même le roi Schnicktick reconnut que leur hôte n'était pas dangereux.

Un matin, la panthère se présenta à la porte de la petite demeure.

— Guenhwyvar ! s'écria Drizzt, se ramassant sur lui-même pour accueillir le félin qui se précipitait.

D'humeur taquine, l'animal l'écrasa sous sa grande patte.

Quand l'elfe se dégagea de l'animal et s'assit, Belwar lui tendit la figurine d'onyx :

— Le conseiller chargé de l'examiner a eu du mal

à s'en séparer. Mais Guenhwyvar est et reste ton ami.

Drizzt était trop ému pour répondre. Les gnomes le traitaient mieux que ce qu'il méritait. La restitution d'un objet magique si puissant était la preuve de leur confiance en lui.

— Tu peux retourner au bâtiment central quand tu voudras, continua son hôte, et récupérer tes armes et ton armure.

Drizzt apprécia modérément l'idée ; que se serait-il passé s'il avait été en possession de ses cimeterres lors de l'incident du basilic ?

— Nous les garderons en sécurité ici, dit Belwar, comprenant soudain sa détresse. En cas de besoin, tu les auras sous la main.

— Je suis ton obligé. Je suis l'obligé de tout Blingdenstone.

— Nous ne considérons pas l'amitié comme une dette, dit Belwar avec un clin d'œil.

Il laissa les deux amis à leurs retrouvailles.

Peu après, les jeunes gnomes firent la connaissance du félin ; à les voir jouer ensemble, Drizzt eut un pincement au cœur au souvenir de la chasse mortelle, dix ans plus tôt, où Masoj le sorcier avait obligé la bête à traquer sans pitié les petits êtres et à rapporter leurs cadavres ensanglantés dans sa gueule. Guenhwyvar avait dû chasser tout souvenir de ce tragique épisode de sa mémoire. Tout le jour, les gnomes et la panthère folâtrèrent ensemble.

Drizzt aurait voulu conjurer aussi facilement ses erreurs passées.

*
* *

— Très honoré gardien-piocheur..., appela un gnome deux jours plus tard du seuil de la maison, tandis que Belwar et Drizzt déjeunaient. (Le gnome se crispa sur sa chaise.) Le roi a rouvert les tunnels est. Il y aurait un riche filon à un jour de marche. La présence de Belwar Dissengulp serait un honneur pour mon expédition.

— Le gardien-piocheur Brickers, expliqua Belwar à Drizzt. Un de ceux qui viennent me solliciter avant chaque expédition.

— Et tu n'y vas jamais.

— C'est une démarche de pure courtoisie, rien d'autre.

— Tu ne te juges pas digne d'aller avec eux, ironisa Drizzt. (Il pensa avoir trouvé la cause des tourments de son ami.) Je t'ai vu travailler avec tes mains de mithril ! Tu serais un atout pour tes compagnons ! Pourquoi es-tu si prompt à te juger estropié quand les autres ne le pensent pas ?

Belwar frappa la table de sa main-marteau, faisant voler un grand éclat de pierre.

— Je peux couper la roche plus vite qu'eux tous ! Et si des monstres s'en prenaient à nous...

Il brandit sa main-pioche, menaçant.

— Bonne journée, très honoré gardien-piocheur, reprit le gnome qui patientait à l'extérieur. Comme toujours, nous respecterons ta décision, mais nous regretterons ton absence.

— Pourquoi ? demanda Drizzt. Si, de l'avis de tous, toi compris, tu es si compétent, pourquoi restes-tu ici ? Je sais l'amour que vous portez à ces expéditions minières. Est-ce ma présence qui te retient ? Es-tu obligé de me surveiller ?

— Non, dit Belwar d'une voix sourde qui résonna dans les oreilles sensibles de l'elfe. On t'a rendu tes armes, elfe noir. Ne doute pas de notre confiance.

— Mais... (Drizzt eut une soudaine inspiration.) Le combat... Ce jour maudit, il y a dix ans. (Belwar plissa le nez et se détourna.) *Tu t'accuses de la disparition de tes compagnons !*

Quand Belwar tourna de nouveau la tête, ses yeux étaient pleins de larmes.

Drizzt se passa la main dans son épaisse chevelure blanche, ne sachant que dire.

Il avait mené en personne l'expédition drow ; comment expliquer au gnome que la responsabilité du drame n'incombait à aucun Svirfneblin ?

— Je revois ce jour désastreux, commença-t-il, hésitant. C'est un souvenir vivace, comme si ces instants démoniaques étaient à tout jamais gravés dans mon esprit.

— Comme pour moi, murmura Belwar.

— Je suis pris au piège de la même toile de culpabilité que toi. (Belwar lui jeta un regard interloqué.) C'est moi qui conduisais cette patrouille ; je vous ai pris pour des maraudeurs.

— Toi ou un autre...

— Personne ne m'égalait au combat. Là-bas... dans les étendues sauvages... j'étais chez moi. C'était mon domaine. (Belwar était suspendu à ses lèvres, comme le Drow l'avait espéré.) Et c'est moi qui ai détruit l'élémental de terre. Sans moi, vous auriez été à égalité. De nombreux Svirfneblins auraient survécu.

Belwar ne put réprimer un sourire. Drizzt disait vrai ; il avait été un élément déterminant dans la victoire de l'ennemi. Néanmoins, son argumentation, qui visait à le raséréner, était un peu tirée par les cheveux.

— Comment peux-tu te blâmer ? continua l'elfe noir, espérant qu'un peu d'humour réconforterait son ami. Avec Drizzt Do'Urden à la tête des Drows, tu n'avais aucune chance !

— *Magga cammara* ! C'est un sujet bien douloureux pour en plaisanter ainsi ! répondit Belwar sans pouvoir s'empêcher de rire.

— C'est vrai, dit Drizzt, redevenu sérieux. Mais plaisanter d'une tragédie n'est pas plus grave que de vivre enlisé dans la culpabilité pour quelque chose dont personne n'était responsable. Non, pas *personne* ! La faute en est à Menzoberranzan et à ses habitants. Leur façon de vivre et leurs croyances sont la cause de ce drame.

— Le gardien-piocheur est responsable du groupe. Il est seul habilité à constituer une équipe. Il en accepte la responsabilité.

— Tu avais choisi de diriger cette expédition si près de Menzoberranzan ?

— Oui.

— De ta propre autorité ? (Drizzt en savait assez long sur les gnomes des profondeurs pour être sûr que toutes les décisions étaient prises démocratiquement.) Sans la parole de Belwar Dissengulp, ces mineurs ne se seraient jamais aventurés dans cette région ?

— Nous savions qu'il y avait un riche gisement à exploiter. La décision de prendre ce risque a été votée au conseil.

— Toi ou un autre..., cita Drizzt.

— Un gardien-piocheur doit accepter la respons...

— Ils ne t'accusent pas. Ils t'honorent et prennent soin de toi.

— Ils me témoignent de la pitié !

— As-tu besoin de leur pitié ? cria Drizzt à son tour. Es-tu moins qu'eux ? Un estropié sans ressources ?

— Jamais !

— Alors va avec eux ! hurla l'elfe. Vois s'ils ont vraiment pitié de toi ! Si tes compatriotes s'apitoient réellement sur le sort de leur « très honoré gardien-piocheur », alors montre-leur de quel bois tu te chauffes ! Et s'ils ne te couvrent ni de pitié ni d'opprobre, ne t'en charge pas toi-même !

Belwar le fixa un long moment, sans mot dire.

— Tous ceux qui sont partis avec toi connaissaient les risques. (Un sourire ourla ses lèvres.) Mais aucun ne savait qu'il aurait maille à partir avec Drizzt Do'Urden. Sans quoi, vous seriez tous restés chez vous !

— *Magga cammara*, ronchonna Belwar, étonné de se sentir mieux après tant d'années.

Il se dirigea vers sa chambre.

— Où vas-tu ?

— Me reposer. Tout ça m'a déjà fatigué.

— L'expédition va partir sans toi.

Belwar se tourna vers lui, stupéfait. Le Drow attendait-il vraiment qu'il fasse abstraction de tant d'années de souffrance et s'en aille tout guilleret se joindre aux autres ?

— J'aurais cru que Belwar Dissengulp était plus courageux que ça.

L'air mauvais du gnome lui apprit qu'il venait de trouver la faille de son auto-apitoiement.

— Paroles téméraires, gronda Belwar.

— Téméraires pour un lâche.

Le Svirfneblin aux mains métalliques approcha, le poitrail soulevé par une respiration accélérée.

— Si l'apostrophe ne te plaît pas, fais-la mentir ! Va avec eux ! Montre-leur de quel bois se chauffe Belwar Dissengulp !

— Cours chercher tes armes ! ordonna le Svirfneblin.

Drizzt hésita ; était-ce un défi ? Etait-il allé trop loin ?

— Va chercher tes armes, Drizzt Do'Urden ; si je vais avec eux, tu y vas aussi !

Transporté d'allégresse, Drizzt saisit à pleines mains la face camuse ; leurs fronts se touchèrent. Ils échangèrent des regards d'admiration et d'affection. L'instant suivant, Drizzt courait à la maison centrale récupérer sa cotte de mailles et ses cimeterres.

Ebahi par la tournure des événements, Belwar se tapa sur la tempe, manquant s'assommer lui-même.

Le voyage serait des plus intéressants.

*
* *

Le gardien-piocheur Brickers accepta Belwar et Drizzt sans faire d'histoires, mais non sans interroger son compatriote du regard. Avoir un elfe noir dans ses rangs au milieu des dangers d'Ombre-Terre était un risque mais aussi un atout, surtout dans les circonstances présentes.

Dans le secteur repéré par les éclaireurs, les vingt-cinq mineurs ne trouvèrent ni carnage ni signes d'activités ennemies. Le gisement était très riche, et ils se mirent aussitôt à l'ouvrage avec enthousiasme. Drizzt était heureux de voir son ami travailler à tailler et à forer la roche avec ses prothèses. Belwar n'eut pas de mal à évaluer sa contribution à sa juste mesure. Ses wagons se remplissaient à une allure formidable.

Drizzt et Guenhwyvar montaient la garde, assistés par un Svirfneblin, chargé de surveiller à la fois les alentours et l'elfe. Au fil des jours, les Svirfneblins s'habituèrent à leur compagnon à la peau d'ébène.

L'expédition était fructueuse et sans incident, tout à fait comme les aimaient les gnomes. Ils rebroussèrent chemin quand leurs wagonnets furent remplis à ras bord de précieux minerais.

Au bout de quelques heures de marche, un éclaireur signala la présence d'une vingtaine de gobelins, droit devant eux. Avec les grincements des roues métalliques, passer inaperçu était une vue de l'esprit.

Brickers recommanda de s'écarter et de les laisser passer, pour éviter des ennuis.

Drizzt remonta la colonne pour apprendre ce qui se passait.

L'elfe apprécia le pacifisme de ses nouveaux amis : les Svirfneblins seraient facilement venus à bout des gobelins. Des Drows auraient déjà attaqué et massacré toute la tribu. Drizzt pria Belwar de l'aider à expliquer son plan au gardien-piocheur, l'assurant qu'il n'était pas question de livrer bataille.

Brickers eut un grand sourire en apprenant ce que l'elfe avait derrière la tête.

— Je voudrais voir la tête des gobelins ! rit-il. Je t'accompagnerais volontiers !

— Mieux vaut que j'y aille, dit Belwar. Je parle la langue des gobelins et des Drows. Toi, tu as des responsabilités. Si ça ne marchait pas...

— Je parle aussi le gobelin, rétorqua Brickers. Et je comprends notre compagnon drow. Quant à mes devoirs, ils ne sont pas si prenants, car un autre gardien-piocheur est avec nous.

— Un gardien-piocheur qui n'a plus arpenté Ombre-Terre depuis des lustres, lui rappela Belwar.

— Oui, mais c'est le meilleur ! insista Brickers. L'équipe est à tes ordres, gardien-piocheur Belwar. Je vais avec Drizzt.

Drizzt avait compris l'essentiel de l'échange ; il posa une main sur l'épaule de son ami :

— Si les gobelins ne sont pas dupes, accours.

Brickers ne fut pas déçu par l'expression cocasse des gobelins quand ils virent surgir au milieu de leur tribu un Drow solitaire traînant un gnome captif.

Quand ils voulurent attaquer, pensant avoir tout de même de bonnes chances de l'emporter à quarante contre un, ils en furent pour leurs frais ! Drizzt aveugla le plus téméraire avec une sphère de ténèbres, et dévia sa lance de façon spectaculaire.

Brickers, les mains liées, prétendument « prisonnier », resta bouche bée devant la rapidité des réflexes du Drow. Les gobelins furent aussi impressionnés.

— Un pas de plus et vous êtes morts, promit Drizzt en gobelin, une langue gutturale faite de grognements et de gémissements.

Brickers comprit l'instant suivant, quand deux gobelins, derrière eux, se mirent à gémir. Auréolés de pourpre magique, ils coururent sur leurs petites jambes pataudes pour se mettre à l'abri.

Comment avait-il su... ?

Le chasseur *savait*. Drizzt luttait avec acharnement contre cet *alter ego* sauvage, primitif et dangereux.

Ses instincts le poussaient à attaquer les quarante gobelins, à taillader leur chair de ses lames recourbées, à les pourchasser sans merci. Un coup d'œil à son compagnon ligoté lui rappela la raison de leur venue.

— Où est votre chef ?

Ce dernier n'était guère pressé de se faire connaître, mais ses subordonnés, avec une belle « loyauté », se tournèrent vers lui. Repéré, il gonfla la poitrine, se redressa de toute sa taille, et alla se poster devant l'elfe :

— Bruck !

— Pourquoi es-tu là ? demanda Drizzt.

Bruck en resta bouche bée. Jamais il n'aurait cru avoir demander la permission de déplacer sa tribu !

— Cette région appartient aux Drows ! poursuivit l'elfe noir. Tu n'as rien à faire ici !

— La cité drow organiser beaucoup expéditions ! protesta Bruck, pointant son doigt dans la mauvaise direction. Ça, terre Svirfneblins !

— Jusqu'à maintenant, répliqua l'elfe, dardant ses

cimeterres dans le dos de son « prisonnier », mais les Drows ont décidé d'annexer ce secteur. (Une lueur malicieuse éclaira ses yeux lavande.) Bruck et sa tribu s'opposent-ils à cette décision ?

Bruck tendit ses mains aux doigts effilés, impuissant.

— Déguerpissez ! exigea l'elfe. Nous n'avons pas besoin d'esclaves pour l'instant, et nous ne souhaitons pas trahir notre présence par des exploits guerriers ! Estimez-vous heureux, toi et ta tribu, d'être saufs... pour l'instant !

Bruck se tourna vers les siens, cherchant leur soutien. Ils étaient tout de même une quarantaine, armés jusqu'aux dents, contre un seul elfe noir !

Avec un air de défi, le chef passa les pouces dans sa ceinture de corde.

Un martèlement cacophonique résonna dans la petite caverne ; une rythmique entonnée à dessein. Les gobelins échangèrent des regards nerveux ; Drizzt ne manqua pas une si belle occasion.

— Tu oses nous défier ? s'écria-t-il, l'auréolant à son tour des feux pourpres. Que Bruck soit le premier à payer sa stupidité de sa vie !

Avant qu'il ait fini sa phrase, le gobelin filait déjà de toute la vitesse de ses petites jambes, sa tribu sur les talons. Les plus rapides le dépassèrent...

Quelques instants plus tard, les Svirfneblins surgissaient de toutes parts, Belwar très fier de sa ruse.

— Une parfaite synchronisation, très honoré gardien-piocheur ! le complimenta Brickers.

L'expédition se remit en marche, ravie d'avoir évité du vilain. De retour à Blingdenstone, ce fut la fête. Pour la première fois en quarante ans, Drizzt, pourtant étranger parmi eux, se sentit chez lui.

Et Belwar Dissengulp ne frémit plus jamais de s'entendre appeler « très honoré gardien-piocheur ».

*
* *

Le revenant était désorienté. Après s'être convaincu que sa proie vivait dans la cité des gnomes, il venait de sentir sa présence dans les tunnels. Heureusement pour les Svirfneblins, le mort-vivant était loin d'eux quand il avait flairé sa piste grâce aux pouvoirs magiques de Malice. La Matrone assoiffée de sang et de vengeance s'impatientait de jour en jour. Elle se serait volontiers repue d'aveugles massacres.

Elle voulait du sang, mais Zaknafein s'en tenait à son objectif : repérer Drizzt.

Hélas, il perdit soudain la piste.

*
* *

Le jour suivant, Bruck grommela en voyant surgir dans son camp un autre elfe solitaire.

— On est partis comme on nous l'a dit ! se plaignit-il.

Zaknafein fondit sur lui, ses lames en main. Les protestations du gobelin s'achevèrent dans un gargouillis de sang.

La tribu s'égaya dans tous les sens ; les malheureux coincés entre l'elfe et la roche furent taillés en pièces malgré leurs dérisoires pieux de bois.

Le zombi trancha indifféremment armes et membres. Un gobelin parvint pourtant à lui enfoncer son pieu dans une cuisse.

Le mort-vivant ne broncha pas. Il se tourna vers l'audacieux et lui assena une série de coups rapides, parfaitement exécutés, qui le décapitèrent et lui coupèrent net les bras au ras de l'épaule.

Finalement, le revenant ensanglanté poursuivit son chemin à la recherche de Drizzt, laissant derrière lui quinze cadavres proprement découpés.

*
* *

Dans sa chapelle, Matrone Malice reprit des forces. Elle se sentait épuisée, mais momentanément comblée. Chaque assassinat avait été pour elle une source d'extase.

Elle oublia ses frustrations et son impatience, la confiance revenue grâce au carnage. Combien sa félicité serait grande quand le revenant trouverait son traître de fils !

CHAPITRE XI

L'INFORMATEUR

Le conseiller Firble, de Blingdenstone, approcha à pas hésitants du lieu de rendez-vous.

Une armée de Svirfneblins, forte de plusieurs enchanteurs munis de pierres magiques qui permettaient d'appeler des élémentaux, se posta à proximité, le long des corridors ouest. Firble n'était guère rassuré. Combien leur coûteraient les informations, cette fois ?

Le Drow apparut, ses bottes noires heurtant des cailloux. Il s'assura d'un coup d'œil que le Svirfneblin était bien seul, et vint le saluer.

— Salut, petit ami à la grande bourse ! s'esclaffa-t-il.

Sa maîtrise du langage des gnomes, avec les expressions idiomatiques parfaites de quelqu'un qui aurait vécu cent ans à Blingdenstone, confondait toujours Firble.

— Tu pourrais être un peu plus discret, souffla le conseiller en jetant un coup d'œil nerveux à la ronde.

— Bah ! Tu as une armée de guerriers et de sorciers pour te protéger, et moi... disons que je suis protégé également.

— De cela, je ne doute pas, Jarlaxle. J'aimerais tout de même que nos affaires restent aussi secrètes que possible.

— Toutes les affaires de Bregan D'aerthe sont menées en privé, mon cher Firble, répondit Jarlaxle, avant de faire une autre courbette, balayant l'air de son chapeau à larges bords.

— Assez de simagrées, dit Firble. Finissons-en, que je puisse rentrer.

— Pose tes questions.

— Il y a un regain d'activités drow près de Blingdenstone.

— Vraiment ?

Jarlaxle aimait les coïncidences qui augmentaient ses profits. Matrone Malice n'était sûrement pas étrangère à la détresse des gnomes.

— Vraiment.

— Et tu aimerais savoir pourquoi ? s'enquit le mercenaire, feignant encore l'innocence.

— Cela semblerait avisé, de notre point de vue, s'impatienta le conseiller, lassé des petits jeux de son interlocuteur.

Ce reître sans noblesse survivait dans la société drow grâce à sa rouerie ; il prospérait même, grâce à ses renseignements sur ce qui se tramait à Menzoberranzan et alentour.

— Si tu as les joyaux, j'ai les informations, et l'affaire peut être rondement menée.

Firble détacha sa bourse et la lança au Drow.

— Cinquante agates finement taillées, grogna-t-il, mécontent.

Comme tous ceux de sa race, il ne se défaisait jamais de bon cœur de tels trésors.

Après un rapide coup d'œil, Jarlaxle empocha la

bourse.

— Sois tranquille, gnome des profondeurs, commença-t-il, car les autorités de Menzoberranzan ne fomentent aucun complot contre ta cité. Une Maison drow s'intéresse à la région, c'est tout.

— Pourquoi ? demanda le Svirfneblin au bout d'un long silence.

Il détestait poser des questions, à cause des conséquences. Jarlaxle tendit la main. Dix autres agates changèrent de propriétaire.

— La Maison recherche l'un des siens, expliqua Jarlaxle, un renégat qui a coûté à sa famille les faveurs de Lloth.

Long silence. Firble n'avait pas envie de poser la question suivante : il devinait. Mais s'il s'abstenait, le roi Schnicktick hurlerait à en faire tomber le plafond sur leurs têtes.

— Le nom de cette Maison ? demanda-t-il, tendant dix nouvelles gemmes.

— Daermon N'a'shezbaernon, dit le mercenaire.

Il empocha les gemmes avec désinvolture.

Firble croisa les bras, l'air mauvais. L'elfe sans scrupules se moquait encore de lui !

— Pas le nom ancestral ! grogna le conseiller.

Il sortit à contrecœur dix autres joyaux.

— Vraiment, Firble, le taquina Jarlaxle, tu dois être plus précis quand tu me questionnes. Ces erreurs te coûtent cher !

— Identifie la Maison et le renégat traqué en termes compréhensibles pour moi. Je ne te paierai pas davantage, Jarlaxle.

Main levée, le mercenaire fit taire le gnome d'un sourire.

— Entendu, rit-il, plus que satisfait de ce qu'il avait déjà soutiré. La Maison Do'Urden, huitième de Menzoberranzan, recherche son second rejeton. Drizzt est son nom... Matrone Malice payerait une fortune pour savoir où se trouve son chenapan.

Firble dévisagea un long moment le téméraire Drow. Avait-il tressailli quand l'autre avait prononcé ce nom ? Si Jarlaxle avait flairé la présence de Drizzt dans leur cité, les conséquences seraient graves. Devait-il tenter d'acheter le silence du Drow ? A quel prix ? Et avec quelles garanties ?

— Nos affaires sont terminées, déclara fermement le gnome.

Il tourna les talons.

Jarlaxle applaudit secrètement cette décision. Le petit conseiller lui avait toujours paru un rude adversaire en affaires ; là encore, il n'était pas déçu. Firble lui avait révélé bien peu de choses, trop peu pour retourner les monnayer auprès de Matrone Malice. En dépit de leurs différences, le Drow devait admettre qu'il aimait bien Firble.

— Petit gnome, appela-t-il, je t'offre un avertissement.

Firble fit volte-face, la main sur sa bourse.

— Gratuitement, se moqua l'elfe noir, avant de redevenir sérieux, et même sombre. Si tu connais Drizzt Do'Urden, garde-le à l'abri. Lloth en personne a chargé Matrone Malice de l'exécuter. Elle mettra tout en œuvre pour réussir. Si elle échouait, d'autres reprendraient le flambeau, car cette mort procurera un grand plaisir à la Déesse Araignée. Il est condamné, Firble, tout comme les imbéciles qui combattront à ses côtés.

— Un avertissement inutile, répondit le Svirfneblin, luttant pour conserver son calme. Personne à Blingdenstone ne se soucie d'un elfe noir renégat. Pas plus, je te l'assure, que de gagner les faveurs de la Reine Araignée !

Jarlaxle sourit aux rodomontades de son interlocuteur. Il prit congé d'une autre courbette soulignée par son grand chapeau à plumes, et s'en fut, faisant claquer ses bottes à chaque pas.

Le mercenaire aimait vraiment le gnome ; il ne soufflerait mot de ses soupçons à Matrone Malice.

Sauf, bien sûr, si la récompense était trop tentante.

Firble resta seul un long moment, à s'interroger et à s'inquiéter.

*
* *

Drizzt coulait des jours heureux. Les mineurs le considéraient un peu comme un héros, après sa brillante ruse contre les gobelins, qui ne cessait d'embellir en passant de bouche en bouche. Belwar et lui sortaient souvent ; ils étaient invariablement accueillis par des vivats. Dans les tavernes, les patrons leur offraient repas et boissons. Chacun des deux était heureux pour l'autre. Ensemble ils avaient trouvé leur foyer et la paix de l'esprit.

Les gardiens-piocheurs Brickers et Belwar mettaient sur pied une nouvelle expédition ; leur principale tâche était de trier les volontaires qui se manifestaient d'un bout à l'autre de la ville. Un matin, ils eurent la surprise de voir arriver à leur porte une escorte armée chargée de conduire Drizzt auprès du roi.

Belwar parut très serein. L'elfe ne remarqua pas ses mouvements hésitants, saccadés. Ils traversèrent rapidement la ville, pressés par les gardes, le gnome continuant de rassurer son compagnon. Drizzt n'était pas dupe. Toute sa vie avait été une longue suite de fins brutales plaquées sur des débuts prometteurs.

Le roi Schnicktick trônait, mal à l'aise, flanqué de ses conseillers, nerveux au possible. Les Svirfneblins étaient loyaux en amitié. A la lumière des révélations du conseiller Firble, on ne pouvait ignorer la menace qui pesait sur Blingdenstone.

On ne pouvait risquer la guerre pour protéger un elfe noir.

— Tous mes remerciements pour votre promptitude, dit Schnicktick. Ton séjour dans notre cité t'a plu, ami ?

— Votre peuple, Majesté, s'est montré gracieux au-delà de tout ce que j'aurais pu attendre.

— Et tu as prouvé que tu étais un ami de valeur, Drizzt Do'Urden, dit Schnicktick. Nos vies ont vraiment été enrichies par ta présence.

Drizzt fit une profonde révérence, plein de gratitude. Belwar plissa les yeux et retroussa le nez. Il commençait à comprendre.

Le monarque chercha du regard le soutien de ses conseillers.

— Malheureusement...

— *Magga cammara* ! hurla Belwar, faisant sursauter toute l'assistance. Vous voulez le chasser !

— Très honoré gardien-piocheur, déclara fermement le roi, il n'est pas de ton privilège de m'interrompre. Si tu venais à récidiver, je serais forcé de te faire sortir de la salle.

— J'ai raison alors, grommela Belwar.

Il détourna le regard.

— Tu as entendu parler des mouvements drows, près des frontières, à l'est ? (Drizzt hocha la tête.) Nous en avons appris la cause... (L'elfe comprit ; son visage se décomposa.) Drizzt Do'Urden, c'est toi qui en es la cause.

— Ma mère me cherche.

— Elle ne te trouvera pas ! lança Belwar prêt à défier à la fois Schnicktick et la mère inconnue de son ami. Pas tant que tu restes l'hôte des gnomes des profondeurs de Blingdenstone !

— Assez, Belwar ! cria le roi. Ami Drizzt, tu dois

comprendre. Je ne peux risquer une guerre avec Menzoberranzan.

— Je comprends, l'assura Drizzt. Je vais chercher mes affaires.

— Non ! protesta Belwar. (Il se précipita vers le trône.) Nous sommes des Svirfneblins, nous n'abandonnons pas nos amis face au danger ! (Il courut d'un conseiller à l'autre, suppliant.) Drizzt Do'Urden n'a eu que de l'amitié pour nous, et nous le chasserions ? Si nos loyautés sont fragiles à ce point, valons-nous mieux que les Drows ?

— Il suffit, très honoré gardien-piocheur ! s'écria le roi Schnicktick. Cette décision nous coûte beaucoup, mais elle est sans appel ! Je ne peux pas mettre en péril Blingdenstone pour un elfe noir, même s'il est notre ami. Je suis vraiment désolé.

— Vous ne devez pas l'être, répondit Drizzt. Vous agissez justement, comme je l'ai fait quand j'ai renié mon peuple. J'ai pris cette décision seul, et je n'ai jamais demandé ni aide, ni approbation. Vous et votre peuple, roi Schnicktick, m'avez rendu tant de choses que j'avais perdues... Croyez que je ne désire pas déchaîner les foudres de Menzoberranzan sur Blingdenstone. Je ne me pardonnerais jamais d'attirer le malheur sur vous. J'aurai quitté votre belle cité dans l'heure. Et en partant, je n'éprouve que de la gratitude à votre égard.

Le roi fut touché, mais sa décision était prise. Drizzt, sur un dernier regard à Belwar impuissant, se laissa entraîner par les gardes.

*
* *

Aux portes de la cité, une centaine de gnomes des

profondeurs, parmi lesquels le gardien-piocheur Krieger et ses compagnons, firent leurs adieux au Drow. Belwar brillait par son absence. Drizzt apprécia leur geste. Leur gentillesse le réconforta et lui donna la force dont il aurait besoin dans les années à venir. De tous les souvenirs qu'il emportait de Blingdenstone, il se jura de garder ces adieux toujours présents à l'esprit.

Quand il descendit l'escalier de pierre, seul l'accompagna l'écho des portes qui se refermaient sur lui. Drizzt frissonna en revoyant les tunnels d'Ombre-Terre. Il se demanda comment il survivrait cette fois. Combien de temps avant que le chasseur - le côté obscur de sa personnalité - lui vole à nouveau son identité ?

Mais quel choix lui restait-il ? Quitter Menzoberranzan avait été sa décision, et il avait eu raison. A présent, avec le recul, il se posait des questions. Aurait-il la même force d'âme si sa vie recommençait ?

Peut-être.

Un bruit l'alerta. Une ombre se matérialisa à côté de lui.

— Belwar ! Je craignais que tu ne viennes pas me faire tes adieux !

— Et je ne les ferai pas.

Il vit le paquetage dans le dos du petit être.

— Non, Belwar, je ne peux permettre que...

— Je ne me rappelle pas t'avoir demandé la permission, coupa le gnome. Je cherche à pimenter un peu ma vie. J'ai pensé qu'il serait bon d'aller voir ce que le monde peut m'offrir.

— Ce n'est pas aussi grandiose que tu imagines. Tu as ton peuple, Belwar. Ils t'acceptent et prennent soin de toi. C'est le plus grand présent dont tu puisses rêver.

— Entendu, acquiesça le gardien-piocheur. Et toi,

Drizzt Do'Urden, tu as un ami qui t'accepte et qui prend soin de toi. Qui est à ton côté. Maintenant, sommes-nous ensemble dans cette aventure, ou allons-nous rester ici et attendre que ta vilaine maman vienne nous couper en morceaux ?

— Tu ne peux concevoir les dangers qui nous attendent, l'avertit Drizzt.

Mais Belwar sentait que son ami faiblissait.

Le gnome claqua des mains.

— Et toi, elfe noir, tu ne conçois pas ce que je peux faire contre ces dangers ! Je ne te laisserai pas partir seul. Comprends-le, et partons !

Drizzt haussa les épaules, impressionné par la détermination qui se lisait sur le visage du gnome. Puis il reprit la route, son compagnon sur les talons. Cette fois, il aurait un ami à qui parler, une défense contre les intrusions du chasseur. Il prit entre ses doigts la figurine d'onyx. Peut-être, à eux trois, feraient-ils mieux que survivre à Ombre-Terre.

Longtemps après, Drizzt se demanda s'il avait agi par pur égoïsme en laissant Belwar l'accompagner. Quelque culpabilité qu'il en eût, elle ne pesait rien contre le soulagement qu'il éprouvait à voir marcher à son côté le très honoré gardien-piocheur, sa tête chauve dodelinant.

TROISIÈME PARTIE

AMIS ET ENNEMIS

Vivre ou survivre ? Jusqu'à mon dernier séjour dans les étendues sauvages d'Ombre-Terre, après Blingdenstone, jamais je n'avais compris le sens d'une question aussi simple.

Quand j'ai quitté Menzoberranzan, je croyais qu'il suffirait de vivre selon mes principes et que je serais heureux de suivre le seul chemin possible. L'alternative était la sinistre réalité de Menzoberranzan, la soumission aux forces malveillantes qui dominent mon peuple. Si c'était là la vie, pensais-je, il valait mieux survivre et de loin.

Et pourtant, cette « simple survie » m'avait presque tué. Pire, elle m'avait quasiment volé tout ce qui m'était cher.

Les Svirfneblins de Blingdenstone me firent découvrir autre chose. Leur société structurée et unie, nourrie de solidarité, était ce que j'aurais voulu que fût Menzoberranzan. Eux faisaient bien plus que survivre : ils vivaient, riaient, travaillaient, et partageaient leurs gains, autant que la douleur et les pertes inévitables dans un monde hostile.

La joie est décuplée quand elle est partagée entre amis ; la peine est diminuée d'autant.

Voilà la vie.

Quand je quittai Blingdenstone, de retour dans les sombres tunnels d'Ombre-Terre, l'espoir marchait à mes côtés. Belwar, mon nouveau compagnon, était avec moi, et j'avais en poche la statuette de Guenhwyvar, mon ami de toujours. Durant mon séjour chez les gnomes des profondeurs, j'avais vécu la vie dont j'avais toujours rêvé. De survivre pour survivre, il n'était plus question.

Avec mes amis près de moi, j'osai espérer que ce serait pour toujours.

Drizzt Do'Urden.

CHAPITRE XII

AU FIN FOND D'OMBRE-TERRE

— L'as-tu installé ? demanda Drizzt à Belwar quand il fut de retour.

— L'âtre est en place, répondit Belwar, frappant triomphalement dans ses mains de mithril. Et j'ai disposé un autre lit dans un coin. J'ai creusé le sol et placé ta bourse là où elle ne sera pas trop difficile à dénicher. J'ai mis quelques piécettes d'argent sous la couverture, histoire d'appâter les voleurs. Je n'en ai plus vraiment besoin, de toute façon. (Belwar se força à sourire, mais Drizzt ne fut pas dupe ; le gnome avait toujours du mal à se défaire de ses biens.) Et toi, elfe noir ? Du nouveau ?

— Rien. J'ai envoyé Guenhwyvar explorer les alentours. Nous en saurons bientôt plus.

— Bien, approuva le gnome. Dresser ce faux camp si loin de Blingdenstone devrait garder ta pénible mère éloignée de mon peuple.

— Et cela conduira peut-être ma famille à penser que je compte rester dans le coin. As-tu réfléchi à notre destination ?

— Un corridor en vaut un autre. Il n'y a rien autour de nous, aucune cité hormis la mienne. Pas que je sache, en tout cas.

— A l'ouest donc, proposa l'elfe. Droit devant, loin de Menzoberranzan.

— Un sage itinéraire, dirait-on.

Belwar ferma les yeux pour se mettre au diapason des émanations de la pierre. A l'instar de nombreuses races d'Ombre-Terre, les gnomes des profondeurs avaient le don naturel de déceler les variations magnétiques de la roche, ce qui leur permettait de s'orienter aussi sûrement qu'un habitant de la surface avec le soleil. Un instant plus tard, Belwar indiqua la bonne direction.

— L'ouest. Et vite ! Plus nous mettrons de distance entre ta mère et nous, mieux ça vaudra. (Belwar hésita, craignant de blesser son compagnon. Mais il décida de mettre leur nouvelle amitié à l'épreuve.) Quand tu as appris la cause des mouvements drows dans le secteur, tu avais les jambes un peu flageolantes, si tu vois ce que je veux dire. C'est ta famille, elfe noir. Sont-ils si terribles ?

L'éclat de rire de Drizzt le rassura.

— Allons, dit l'elfe, voyant Guenhwyvar revenir de son exploration, si notre petite mise en scène est terminée, commençons notre nouvelle vie. La route devrait être assez longue pour que je te conte ma vie de famille en chemin.

— Attends. (Belwar sortit une broche lumineuse d'un petit coffret.) Un présent du roi Schnicktick.

L'objet les baigna d'une douce lumière.

— Quelle belle cible nous faisons ! s'exclama Drizzt, incrédule.

— Ne crains rien, elfe noir. Cette clarté tiendra plus d'ennemis en respect qu'elle n'en attirera. Je ne suis pas follement impatient de me casser la figure à chaque pas dans cette purée de poix !

— Combien de temps brillera-t-elle ? demanda Drizzt d'un ton qui soulignait sa hâte de la voir s'éteindre.

— Le *dweomer* est éternel, le taquina Belwar. A moins que quelque sorcier ne l'annule. Cesse de te ronger les sangs. Les créatures des ténèbres n'aiment guère la lumière !

Haussant les épaules, Drizzt s'en remit à la sagesse du gnome. Les deux compagnons partirent vers leur nouvelle vie. Sur ses jambes courtaudes, Belwar tâchait de suivre les longues et gracieuses enjambées de l'elfe. Pressés de mettre le plus de distance possible entre Menzoberranzan et eux, ils marchèrent durant une semaine, ne s'arrêtant qu'en cas de nécessité. Une autre semaine passa avant qu'ils abordent un territoire inconnu du Svirfneblin. Ayant été gardien-piocheur pendant cinquante ans, il avait mené de nombreuses expéditions loin de sa ville.

Il signalait à Drizzt les cavernes qui lui étaient familières, recensant le fer, le mithril et une multitude d'autres précieux minéraux dont Drizzt n'avait jamais entendu parler. Même s'il se répétait parfois, Drizzt savourait chaque mot.

L'elfe conta ses aventures à l'Académie, et parla beaucoup de Zaknafein. Il montra à son ami les complexes combinaisons faciales et gestuelles du code drow, et il eut un bref moment envie de lui apprendre ce langage. Cela communiqua un fou rire au Svirfneblin, dont les mains de métal pouvaient difficilement imiter des mouvements aussi subtils. Il apprécia néanmoins le geste de l'elfe.

Guenhwyvar et le gnome des profondeurs devinrent de joyeux compagnons. Belwar s'endormait souvent pour être réveillé par de curieux picotements aux jambes, enfoui sous six cents livres de panthère noire et soyeuse. Il grommelait furieusement en

« bottant » de sa main-marteau l'arrière-train du quadrupède. Ce fut bientôt un jeu entre eux ; car le gnome, en vérité, ne détestait nullement avoir le félin serré contre lui. Au contraire, dans un monde brutal et dangereux, c'était l'assurance d'un sommeil plus facile et plus sûr.

— Tu as compris ? chuchota un jour Drizzt à son ami à quatre pattes.

Belwar était profondément endormi, roulé contre une paroi, un rocher en guise d'oreiller. Drizzt s'en étonnait encore, se disant que les gnomes poussaient leur amour de la pierre peut-être un peu trop loin !

— Va !

Guenhwyvar alla voluptueusement s'étendre sur les petites jambes du gnome sans défense. Drizzt se dissimula près de là pour mieux observer la scène.

Quelques instants plus tard, le gnome se réveilla en sursaut.

— *Magga cammara*, panthère ! gronda-t-il, furibond. Pourquoi t'installes-tu toujours *sur* moi, et non *à côté* de moi ?

Guenhwyvar bougea légèrement, avec un profond soupir.

— *Magga cammara, stupide chat !* tonitrua Belwar, au comble de l'exaspération. (Il remua frénétiquement les doigts de pied, cherchant en vain à rétablir sa circulation, et à éviter les crampes.) Le diable t'emporte !

Il se dressa sur un coude et voulut lui « caresser » de nouveau les reins de ses prothèses.

Guenhwyvar fit mine de fuir, plus rapide que le coup de Belwar. A l'instant où ce dernier se détendait, la panthère fit un tour complet et bondit derechef sur sa victime, clouée au sol sous son poids.

Après quelques instants de lutte frénétique, Belwar parvint à dégager son visage de la masse soyeuse du poitrail musclé.

— Ôte-toi de là ou souffres-en les conséquences ! grogna le gnome qui en réalité ne pouvait pas faire grand-chose.

Guenhwyvar s'installa plus confortablement sur son perchoir.

— Elfe noir ! s'écria le Svirfneblin, aussi fort qu'il l'osait. Elfe noir, viens reprendre ta panthère ! Elfe noir !

— Salutations, répondit Drizzt, comme s'il venait de loin. Vous jouez encore, tous les deux ? Je croyais que mon tour de garde était terminé ?

— C'est le cas, grogna le gnome, mais Guenhwyvar bougea de nouveau et les paroles se perdirent dans la toison noire.

Drizzt vit le nez crochu du gnome se plisser d'exaspération.

— Après tout, fit l'elfe, je ne suis pas si fatigué. Loin de moi l'idée d'interrompre vos jeux ! Vous vous amusez tellement bien...

Il s'éloigna, avec un clin d'oeil au félin en guise de compliment.

— Elfe noir ! protesta tant bien que mal le gnome coincé.

Avec la bénédiction de Drizzt, Guenhwyvar s'assoupit sur son impuissante victime.

*
* *

Tapi dans l'ombre, Drizzt ajusta son infravision à la lumière normale. Sous une arche de pierre brillait une lueur incarnat. Il invita son compagnon à cacher la broche enchantée.

— C'est bizarre..., souffla le gnome. Je n'aime

pas cette lumière. Appelle Guenhwyvar !

— Impossible, il a besoin de se reposer dans son plan astral.

— Alors rebroussons chemin.

— Le plus proche tunnel est à dix kilomètres derrière nous...

— Hum... Allons voir...

Le gnome avança résolument, suivi de Drizzt. Au-delà de la petite arche, ils aboutirent dans une vaste grotte, dont les parois et la voûte étaient couvertes de mousse fluorescente.

— Des baruchies ! s'esclaffa le Svirfneblin.

Confus, Drizzt fit mine de continuer son chemin. Belwar le retint brutalement. Il ramassa un morceau de roche et le lança sur la mousse écarlate. Une fumée s'éleva au milieu d'une colonne de spores.

— *Magga cammara*, comment as-tu survécu toutes ces années ? Les baruchies crachent, lui expliqua-t-il, et tu t'étouffes avec les spores ! Si tu veux traverser cette grotte, fais-le à pas de velours, brave et stupide ami !

Drizzt passa la main dans ses boucles blanches emmêlées. Que faire ? Rebrousser chemin ou traverser ce champ de mort végétale ?

Il avisa une sorte de chemin serpentant à travers la grotte.

— Regarde, une voie dégagée...

— Il y en a toujours une dans les grottes des baruchies, dit Belwar, énigmatique.

— Ce qui signifie ?

— C'est la trace d'un grubber, une sorte de chenille géante. Ces bestioles se nourrissent de baruchies. Elles sont immunisées contre les spores. Ce sont des créatures plutôt paisibles en principe...

— Il y a autre chose que je devrais savoir ? s'exaspéra Drizzt.

Sur un signe de tête négatif, le gnome s'engagea

sur le chemin. A mi-parcours, ils sentirent la roche vibrer sous leurs pieds ; Belwar se mit à courir.

Le grubber fit son apparition : immense, plus grand qu'un basilic, l'être rappelait un énorme ver gris pâle. Il était doté d'une multitude de petits pieds qui suivaient l'ondulation de son torse massif. Si Drizzt restait là, la créature allait l'écrabouiller séance tenante. Dégainer ses cimeterres relevait du suicide. Il fit volte-face et se hâta de rejoindre Belwar.

Le sol vibra si violemment sous ses pieds qu'il crut être projeté sur les baruchies. Il se rua vers un étroit boyau où le monstre ne pourrait pas pénétrer. Quand la poussière de l'impact de sa tête contre la roche retomba, le grubber se mit à gémir. Belwar, au côté de Drizzt, prit un petit air narquois.

— *Plutôt paisibles* ? railla l'elfe.

Il chassa la poussière de ses vêtements.

— En effet, insista Belwar. Mais les grubbers adorent les baruchies, et ils ne sont pas partageurs.

— J'ai failli être réduit en bouillie « grâce » à toi !

— Retiens la leçon, elfe noir, car la prochaine fois que tu feras dormir ta panthère sur moi, je trouverai pire encore !

Drizzt lutta pour réprimer un sourire. Son cœur battait encore la chamade. Comme sa vie avait changé depuis que Belwar Dissengulp la partageait ! Comme elle était plus amusante et intéressante !

Au bout du boyau, ils se trouvèrent dans un cul-de-sac. Ce fut au tour de Drizzt d'adopter une expression narquoise.

— Nous voilà dans une impasse, petit ami. Un grubber irascible à nos trousses, et nous dans une boîte !

Oreille pressée contre la roche, le gnome lui fit signe de se taire. Il entonna un chant d'une voix sourde.

— Bivrip ! s'écria-t-il.

Rien ne se produisit.

Drizzt le regarda, décontenancé.

— Il y a un tunnel, à une dizaine de mètres devant nous. Je vais creuser.

— Dix mètres ?

— Eh quoi, elfe noir, crois-tu que mon peuple ait inventé ces merveilleuses mains sans leur donner quelque force magique ? Il me faudra tout au plus une journée.

— Tu es prodigue de surprises, petit ami.

Le jour suivant, ils furent libérés de la « boîte ». Ils continuèrent leur périple vers l'ouest. En deux semaines, ils avaient eu la chance de ne rencontrer qu'un grubber friand de baruchies.

Quand ils tombèrent sur une lueur verte, beaucoup plus tard, Drizzt appela sa panthère et avança le premier, tous les sens en alerte. Le tunnel descendait abruptement. Il donnait sur une grande caverne. Le rayon vert en provenait.

— Tu as une idée de ce que c'est ? demanda-t-il au gnome, aussi intrigué que lui. Une autre forme de mousse ?

— Aucune que je connaisse...

— Si on allait voir ?

Belwar sourit. Il se glissa le premier dans le tunnel. Cimeterres aux poings, Drizzt reprit la tête à l'approche de la mystérieuse lueur émeraude.

Ils arrivèrent dans une grotte immense à la voûte si haute qu'on ne la voyait pas ; un marécage verdâtre et malodorant bouillonnait six mètres plus bas. Une multitude d'arches de pierre, de dimensions variables, se croisaient au-dessus du marais et reliaient d'autres tunnels semés de part et d'autre de la gorge.

Stupéfaits, les deux compagnons comprirent vite

que le liquide était un acide.

Drizzt se souvint des concoctions utilisées par les sorciers de l'Académie.

— L'œuvre de quelque sorcier, dirai-je, souffla Belwar. Une expérience qui a mal tourné. C'est resté là sans doute depuis des siècles, à grignoter la roche pouce par pouce.

— Mais les arches ont l'air solides, dit Drizzt.

— Alors ne perdons pas de temps. Cet endroit ne me dit rien qui vaille.

Guenhwyvar s'élança le premier sur une arche de pierre ; Drizzt approuva sa logique. Il était le plus lourd du trio et le plus agile à bondir, si les arches surplombant l'acide s'effondraient sous son poids.

— Et s'il tombe quand même ? s'inquiéta Belwar. Que fait l'acide à une créature magique ?

Drizzt saisit la figurine d'onyx, à moitié rassuré.

Le marais faisait plusieurs centaines de mètres de longueur. Ils étaient presque à mi-parcours quand un chant étrange se fit entendre.

Une créature bipède, noire de peau, à tête d'oiseau mais sans plumage ni ailes émergea d'une niche rocheuse. Ses bras se terminaient sur de puissantes serres, ses jambes sur des pieds à trois doigts. D'autres apparurent, en tout point semblables.

— Des parents ? s'enquit le Svirfneblin.

Les apparitions ressemblaient vaguement à un croisement entre un elfe noir et un oiseau.

— Sûrement pas ! Je n'ai jamais vu d'êtres aussi bizarres.

La grotte se remplit de sinistres corbics, une antique espèce qui se rencontrait dans les régions sud d'Ombre-Terre. Leur stratégie était des plus primaires.

Le chant fit place à une suite de cris stridents ; les hommes-oiseaux se mirent à trottiner sur l'arche, pressés d'atteindre leurs proies. Cerné, le trio chercha une sortie. Guenhwyvar bondit le premier sur les corbics tandis que Belwar faisait de nouveau appel à la magie de ses prothèses. Les hommes-corbeaux, déséquilibrés par la panthère, tombèrent vers leur mort dans d'horribles hurlements. Les autres menacèrent l'animal de leurs serres. Mais Guenhwyvar avait lui-même de formidables armes. Un second groupe de corbics vint l'encercler.

*
* *

Campé sur un passage étroit, Belwar laissa venir l'ennemi. A quelques mètres, cimeterres aux poings, Drizzt attendait aussi. Les instincts sauvages du chasseur revenaient. Il lutta de toutes ses forces pour bloquer la frénésie qui menaçait de s'emparer de lui. Drizzt Do'Urden combattait ses adversaires en pleine possession de *ses* moyens.

L'instant suivant, il lui fallut parer les coups qui pleuvaient sur lui, sans lâcher bride à ses instincts sanguinaires. Belwar tapait sur les corbics de ses mains-marteaux. La violence de l'impact suffisait à les tuer. Mais le Svirfneblin, toujours prudent, utilisait sa main-pioche pour les projeter dans le lac d'acide.

Quand il vit son ami hésiter, il cria :
— *Magga cammara* ! Combats-les, elfe noir, lutte pour gagner ! Ils n'auront aucune pitié !

La vue brouillée par les larmes, Drizzt se battit ; il prit des risques insensés pour ne pas être obligé de tuer.

*
**

Guenhwyvar fit un incroyable bond de neuf mètres ; il se reçut sur une autre passerelle de pierre. Les corbics reprirent la poursuite avec force hurlements. Sur une corniche très au-dessus du drame, un homme-corbeau vit enfin une victime potentielle entrer dans son champ de vision. Il poussa un gros bloc de pierre et se laissa tomber avec lui. Quand la panthère s'écarta, à l'ultime instant, le kamikaze, tout à l'extase du moment, n'y prit pas garde. L'impact fendit l'arche, qui s'effondra sous les pattes du félin. Guenhwyvar n'eut pas le temps de bondir de nouveau.

Les cris d'exultation, dans son dos, firent comprendre à Drizzt que son ami venait de tomber dans l'acide ; la figurine dans sa poche devint brûlante et se mit à fumer. Il dut l'en sortir.

Alors Drizzt accepta le destin du chasseur.

Mourir au combat était l'honneur suprême aux yeux des hommes-oiseaux. L'heure de l'apothéose avait sonné pour eux.

Le Drow plongea, crevant les orbites du corbic le plus proche, prenant plaisir à vriller sa lame dans la plaie pour infliger le plus de souffrance possible à sa victime. Fulgurant, il frappa de la même façon une autre créature et plongea dans la mêlée, ivre de fureur. Le carnage commençait.

Belwar fut soulagé de voir l'elfe noir entrer en action. Le corbic qui lui faisait face à cet instant fut le premier de sa race, depuis des millénaires, à *voler dans les airs* sous le choc de la main-marteau. Son vol éphémère se termina à plusieurs mètres du gnome. A l'atterrissage, il était mort.

Il y eut un flottement dans les rangs ennemis...

Quand un corbic arriva sur lui en chute libre, un gros bloc de pierre dans les bras, le chasseur qui était en Drizzt perçut subliminalement le danger et bondit sur une passerelle parallèle où combattait le Svirfneblin. Plusieurs corbics furent entraînés vers une mort atroce.

Belwar parvint à retenir l'elfe par le poignet. Mais la figurine d'onyx faillit tomber dans l'acide ; le gnome la rattrapa *in extremis*, puis aida Drizzt à se rétablir et prendre pied sur la passerelle, derrière les corbics qui s'étaient portés vers l'avant. Les cimeterres entrèrent en action...

Cinq minutes plus tard, les deux compagnons couraient vers la sortie la plus proche, laissant la mort dans leur sillage. Le chant lugubre des hommes-corbeaux résonna longtemps à leurs oreilles.

CHAPITRE XIII

UN LOPIN DE TERRE POUR FOYER

— Assez, assez ! haleta le Svirfneblin à bout de souffle. Ils sont loin maintenant. (Drizzt fit volte-face, les yeux luisant de rage, les cimeterres prêts à frapper.) Du calme, mon ami. Il n'y a plus de danger. (L'elfe prit une profonde inspiration.) Ça va ?

— C'était la fièvre du combat, essaya-t-il d'expliquer. L'excitation. Je...

— Tu n'as rien à justifier. Tu t'es bien battu, elfe. Extraordinairement bien. Sans toi, nous serions morts dans cet acide.

— Mais la bête cruelle que je suis devenu m'a envahi à nouveau, a guidé mes lames sans pitié.

— Toi *seul* as manié ces épées.

— Mais la rage ! Cette rage aveugle. Je ne voulais rien faire d'autre que de les tailler en pièces !

— Si c'était le cas, nous serions encore là-bas. Or, grâce à toi, nous nous sommes échappés. Rage ? Sans doute. Mais sûrement pas aveugle. Tu n'as d'excuses à faire à personne, ni à moi, ni à toi !

Drizzt réfléchit, heureux des efforts de son ami

pour l'aider. Mais la fureur qu'il avait ressentie à la chute de Guenhwyvar dans l'acide le hantait. Il se souvint des combats qu'il avait dû livrer, seul. S'habituerait-il jamais à l'intensité de ses émotions ? Par bonheur, avec Belwar à son côté, il retrouvait plus rapidement le contrôle de lui-même.

Il secoua son épaisse chevelure blanche et se souvint tout à coup de la statuette. Il l'examina entre ses mains tremblantes. Incapable d'attendre, il invoqua la panthère.

Les deux compagnons soupirèrent de soulagement en voyant des volutes caractéristiques se former sous leurs yeux. Guenhwyvar répondait encore à l'appel de son maître, mais il était en piteux état, et Drizzt comprit qu'il aurait mieux fait de le laisser lécher ses plaies dans son plan astral. Sa fourrure noire et soyeuse était brûlée, avec la peau à vif par endroits. Son œil droit, horriblement meurtri, restait fermé.

Drizzt se précipita pour lui entourer le cou de ses bras, fourrant sa tête dans son poil.

— Va-t-il guérir ? demanda Belwar, d'une voix risquant de se briser à chaque syllabe.

Drizzt secoua la tête, perdu. Jamais il n'avait vu le félin aussi gravement blessé. Il le renvoya d'une voix douce dans son plan natal. Puis il ramassa la statuette et la scruta un long moment avant de la remettre dans sa poche.

*
* *

Une lame projeta la couverture dans les airs, l'autre déchiqueta le tissu en lambeaux. Quel dupe il avait été depuis des jours !

Drizzt Do'Urden était parti de Blingdenstone en le

claironnant haut et fort. Le revenant prit un moment pour analyser la situation ; la nécessité de penser, de faire appel à l'être rationnel que Zaknafein avait été, fit resurgir l'inévitable conflit entre le mort-vivant animé par une autre volonté et l'essence de l'homme retenu captif.

Sur son trône, Matrone Malice Do'Urden sentait le conflit intérieur de sa créature. Dans le processus du Zin-carla, la Matrone était responsable du revenant, inestimable présent de la Déesse Araignée. Malice devait travailler dur, produire une longue série de chants et de sortilèges pour s'insinuer dans les processus mentaux du revenant et chasser les émotions et l'âme de Zaknafein Do'Urden.

*
* *

En un éclair, le revenant revint sous le contrôle de la Matrone. Il scruta le campement illusoire truqué abandonné à dessein par l'elfe et un gnome des profondeurs. Ils étaient en route depuis des semaines, fuyant Blingdenstone à toute allure ; Menzoberranzan aussi, sans doute.

Grâce aux implants magiques, Zaknafein sentit que sa proie se dirigeait vers l'ouest, comme il le soupçonnait.

Il se mit en chasse. S'il avait une ou deux semaines de retard, sa proie, elle, devait manger, dormir. Sa proie était de chair et de sang... Mortelle. Et faible.

*
* *

— Quel être étrange est-ce là ? chuchota Drizzt à Belwar, tandis qu'ils observaient un curieux bipède occupé à remplir des seaux à un rapide.

Tout le secteur était éclairé par magie, mais les deux compagnons restaient à l'abri des ombres d'une avancée rocheuse.

— Un homme, répondit Belwar. Un humain de la surface.

— Il est loin de chez lui, remarqua l'elfe. Il semble pourtant à l'aise. Comment survit-il en Ombre-Terre ? Ça va à l'encontre de tout ce que j'ai appris à l'Académie !

— Probablement un sorcier, ce qui expliquerait la clarté - et sa présence. Quelle curieuse engeance, ces sorciers. Les humains, surtout. Les Drows pratiquent les arts occultes pour le pouvoir, les Svirfneblins, pour mieux connaître la pierre ; mais les humains... *Magga cammara*, elfe noir ! (Il secoua la tête, méprisant.) Je ne crois pas qu'un érudit ait élucidé leurs motivations. Une race étrange et dangereusement imprévisible, qu'il vaut mieux éviter.

— Tu en as rencontré ?

— Parfois. (Il frissonna.) Des marchands. Laids et arrogants. Le monde entier leur appartient, à les en croire.

Belwar avait haussé le ton à son insu ; le sorcier se tourna vers eux et invita en plusieurs langues inconnues les « p'tiots rongeurs » à sortir de leur cachette. Puis il parla en drow et en svirfneblin. Drizzt et Belwar échangèrent des regards surpris.

— Voyons si c'est un ami ou un ennemi, murmura Drizzt, sortant de sa cachette, suivi de Belwar. Salutations, humain si éloigné de chez toi.

L'homme roula des yeux comme des soucoupes et se mit à crier, hystérique :

— Foleurs ! Fenus piller mes piens !

— Non !

— Fichez-le camp ! hurla-t-il, battant des mains comme un épouvantail. Ouste ! Tu palai !

— Non ! répéta Drizzt, après un regard perplexe à Belwar.

— C'est ma maison, stupide elfe noir ! cracha l'humain de sa voix zozotante. Fous ai-je temanté te fenir ici ? Par lettre t'infitatzion ? Ou consitérez-vous intispensable, toi et ton laiteron de petit compagnon, te fenir m'accueillir tans le foizinage ?

— Doucement, Drow, murmura Belwar. C'est un sorcier, pour sûr, et légèrement dérangé, même pour un humain.

— Les races tes Trows et tes knomes tes profonteurs ont ententu ke moi, Brister Fentlestick, ai técité t'élire tomicile izi, et pien sûr y se sont alliés contre moi ! pensa le sorcier à haute voix. Oui, c'est clair comme t'l'eau t'roche... Pitoyable !

— J'ai déjà combattu des sorciers, murmura Drizzt. Espérons qu'on ne devra pas en venir aux coups. Mais quoi qu'il en soit, je n'ai pas l'intention de rebrousser chemin. (Belwar hocha sombrement la tête.) Si on pouvait le convaincre de nous laisser passer...

L'humain se mit à trembler, sur le point d'exploser.

— Très pien ! hurla-t-il soudain.

Drizzt comprit qu'il était vain de vouloir le raisonner. Le sorcier, exultant, leur lança une minuscule boule de feu.

— Courons ! hurla Belwar, tandis que l'énergie explosive se condensait avant d'éclater.

Drizzt et le gnome se ruèrent vers le rapide et s'y jetèrent à l'instant de la déflagration. Ils refirent surface peu après, toussant et crachant dans la fumée épaisse.

— Ces humains ! vitupéra Belwar.

Les deux compagnons ne traînèrent pas dans les parages.

*
* *

— Chez nous ! s'exclama le gnome deux ou trois jours plus tard.

Perchés sur une étroite corniche, ils surplombaient une haute et large caverne abritant un lac souterrain. Derrière eux se trouvait une cave à trois chambres avec une entrée étroite et facile à défendre.

Drizzt n'était pas convaincu ; le sorcier n'était pas loin de là.

— Oublie l'humain ! gronda Belwar.

— Et je n'aime guère la présence d'un lac à notre porte, s'obstina Drizzt.

— Il est poissonneux ! Mousses et plantes garderont nos estomacs pleins, et l'eau est claire !

— Mais cette oasis attirera des visiteurs ! Je crains qu'on ne connaisse pas le repos.

— Ce n'est pas un problème : les gros ne grimperont pas jusque-là, et les petits... Je t'ai vu manier l'épée, et tu connais la force de mes mains. Ce n'est pas un problème non plus !

L'assurance du gardien-piocheur lui plut ; il dut admettre également qu'ils ne trouveraient pas d'autre endroit aussi propice à une installation. De l'eau potable à volonté, une rareté en Ombre-Terre, et de quoi manger à portée, un rêve !

— Et des crabes ! s'exclama le Svirfneblin, ravi. *Magga cammara*, elfe noir, des crabes ! Regarde ! Un délice !

C'était bien un crabe qui émergeait du lac, un monstre de quatre mètres, capable de couper un elfe ou un gnome en deux de ses pinces...

Ils se régalèrent de crabe ce soir-là, et le jour suivant, et les suivants...

Un jour, les deux compagnons entendirent un martèlement régulier. Drizzt reconnut le bruit caractéristique des monstres aux doigts crochus. Il n'était pas question de les laisser rôder dans les parages.

Au détour d'un tunnel, ils découvrirent la créature occupée à frapper la roche de ses lourdes griffes, comme un mineur svirfneblin.

Drizzt fit signe à Belwar de rester en retrait, lui indiquant qu'il pourrait aisément se débarrasser du monstre s'il arrivait à le prendre à revers.

S'étant glissé sans difficulté derrière lui, il le percuta de toutes ses forces derrière les genoux. Aussi agile qu'un chat, il bondit sur sa proie déséquilibrée. Au moment de plonger victorieusement ses cimeterres dans l'interstice vulnérable entre les plaques de l'exosquelette, à la jonction du poitrail et du cou, une lueur de... terreur ? suspendit son élan. La seconde d'hésitation suffit pour que la créature murmure en drow, au grand effarement de l'elfe :

— Pitié... Ne... me... tue... pas !

CHAPITRE XIV

JACASSEUR

Les cimeterres s'écartèrent lentement.

— Pas... ce... que je... semble être, tenta d'expliquer le monstre de trois mètres gisant à terre. Je suis... Pech.

— Pech ? s'exclama Belwar, interdit. Tu es un peu grand pour un Pech ! Des enfants-roche, expliqua-t-il à Drizzt. Curieuses petites créatures. Dures comme de la pierre et sans autre raison de vivre que de la travailler.

— Comme un Svirfneblin, commenta l'elfe.

Belwar se demanda si c'était une insulte ou un compliment. Il poursuivit, prudent :

— Ils sont peu nombreux, et ils ne ressemblent pas à celui-là !

— Plus Pech ! bafouilla la créature désespérée, plus Pech !

— Quel est ton nom ? demanda Drizzt.

Le monstre réfléchit un long instant, puis secoua la tête, désemparé :

— Plus... Pech.

La bête inclina la tête, invitant l'elfe à lui porter le coup fatal au cou.

— Tu ne te souviens plus ? demanda Drizzt, peu désireux d'achever l'étrange monstre. Pourquoi ? Je veux savoir !

— Sss... sss... Sor... sorcier ! Méchant sorcier !

L'elfe avait entendu parler des pratiques de mages peu scrupuleux et commençait à croire la créature. Les deux compagnons échangèrent des regards ébahis.

— Où sont tes semblables ? demanda le Svirfneblin. A ce que j'ai entendu dire, les Pechs ne voyagent pas seuls.

— Mmm...mm...m...morts. Méchant sss...

— Un sorcier humain ? hasarda Drizzt.

Le grand bec opina, tout excité.

— Et il t'a laissé dans ce triste état ! conclut Belwar, les yeux pleins de colère.

Drizzt s'écarta. Le malheureux s'assit sur le sol.

— Je... j'aurais... ttt... tellement voulu qq... que vous me tuiez ! (Il regarda ses mains, dégoûté.) La pierre, la pierre... perdue pour moi.

Belwar leva les siennes.

— C'est ce que j'ai cru, moi aussi. Mais tu es en vie, et tu n'es plus seul. Viens avec nous, on va parler.

Au bout d'un moment, le grand être meurtri acquiesça et souleva du sol son quart de tonne.

Pendant de nombreuses heures, le monstre aux doigts crochus lutta pour conter ses aventures aux deux amis. Aussi surprenante que son histoire fut son adaptation rapide au langage.

— C'est ss... si bon de récupérer l'usage de la parole, dit la créature. C'est ccc... comme si j'avais retrouvé une partie de mmm... moi-même.

Drizzt, qui savait de quoi il retournait, acquiesça de bon cœur.

Le but du pauvre métamorphe était de retrouver le malfaisant sorcier. Ses deux nouveaux amis refusèrent de le laisser partir, malgré le danger que représentait sa double nature.

— Ne t'inquiète pas, lui dit Belwar. (Il désigna le seuil de la corniche, à côté de la caverne.) Notre antre est là-haut, et tu ne passerais pas la porte. Repose-toi près du lac jusqu'à ce que nous prenions une décision.

Alors que l'elfe et lui s'éloignaient, Belwar lança soudain :

— Jacasseur ! C'est ainsi que nous t'appellerons si tu veux bien !

— Nous agrandirons la porte, dit Drizzt au retour dans leur caverne. Ainsi Jacasseur pourra venir se reposer à l'abri avec nous.

— Non, elfe noir, déclara le gardien-piocheur. Il n'en est pas question.

— Il n'est pas en sécurité en bas : des monstres le trouveront !

— Il est en sécurité ! Quelle sorte de monstre se risquerait à attaquer son espèce ? (Belwar comprenait l'inquiétude et la sollicitude de Drizzt, mais il mesurait les dangers de sa suggestion.) J'ai vu de semblables sortilèges. On les appelle « polymorphes ». Si la métamorphose physique prend immédiatement effet, celle de l'esprit ne tarde pas à suivre.

— Que veux-tu dire ? s'inquiéta Drizzt.

— Jacasseur est encore un Pech, emprisonné dans un corps de monstre. Bientôt, je le crains, il changera. Il deviendra monstre... à part entière. Quoi qu'il lui en coûte, il nous considérera comme son prochain repas. (Il coupa court aux velléités de protestation de l'elfe noir d'une seule remarque :) Aimerais-tu avoir à le tuer ?

— Son histoire ressemble à la mienne, grogna

Drizzt.

— Pas tant que tu le crois.

— J'étais perdu, comme lui.

— C'est ce que tu t'imagines. Mais ce qui était l'essence de Drizzt Do'Urden est resté en toi, mon ami. Tu t'es adapté pour survivre. C'est différent pour Jacasseur. Une fois la métamorphose achevée, ne compte pas sur sa grandeur d'âme pour t'épargner si tu es à terre.

C'était d'une logique irréfutable, mais Drizzt n'en convint pas. Attristé, Belwar suivit du regard les mouvements ralentis de son ami, qui allait dormir sur son hamac.

Plus tard cette nuit-là, Drizzt vint le tirer de ses cauchemars pour lui crier qu'ils devaient aider le Pech à tout prix, en recherchant le sorcier responsable s'il le fallait. L'elfe était déterminé ; l'humain fou ne devait pas être loin de leur retraite. Belwar ne put lui tenir tête bien longtemps. Il le repoussa en grommelant, se rangea à l'avis de son ami, puis vaincu, plongea dans un sommeil enfin paisible.

*
* *

Le lendemain, ils se mirent en route. Une semaine plus tard, toujours aucune trace du sorcier ! Le gardien-piocheur tirait un certain réconfort de voir leur nouvel ami retrouver un peu de son ancienne identité ; cela lui rappelait Drizzt qui, débarrassé de l'agressivité du chasseur, s'était révélé son meilleur ami.

Mais il prenait garde à ne pas trop se lier avec Jacasseur. Sa condition résultait d'une magie puissante, et aucune amitié au monde n'inverserait le processus. Leur rencontre n'était qu'un répit dans le cours d'un misérable destin.

Plusieurs jours passèrent. Jacasseur ne montrait toujours pas de signes inquiétants, mais Drizzt commençait à sentir le poids de la réalité.

Ils trouvèrent une grotte jonchée de rocailles, suite à un récent effondrement de la voûte.

Jacasseur se mit à crier que c'était l'œuvre du sorcier, et lança des rocs à toute volée avec une furie croissante.

Belwar et Drizzt échangèrent des regards inquiets devant le spectaculaire effondrement de la voûte.

— Le sss... sorcier a une tour ! expliqua Jacasseur qui courait de droite à gauche, cherchant par quelle sortie l'humain avait pu passer. Une grande tt... tour de ff... fer qu'il invoque comme il veut. (Il leva la tête vers la voûte perforée.) Même quand il n'y a pas la place.

Une empreinte de pas lança les trois amis sur une piste fraîche.

Quelques jours plus tard, ils parvinrent à une autre caverne, traversée par un cours d'eau, où se dressait l'antre du sorcier. La tour faisait neuf mètres de haut. Ses parois étaient en pur adamantite, le métal le plus dur connu en Ombre-Terre.

Ils distinguèrent un rai de lumière qui trahissait la présence d'une porte. Jacasseur n'avait pas l'intention d'attendre le sorcier. Avec un terrible cri, il tenta de l'enfoncer d'un coup d'épaule. En vain. A bout de forces, il s'effondra en sanglotant.

Belwar écarta ses compagnons et frappa les parois d'adamantite de ses mains ensorcelées. Des éclairs bleus jaillirent sous ses coups ; les muscles tétanisés du gnome travaillèrent sans relâche. Pour rien. Ses efforts causèrent quelques éraflures au métal. Et encore fallait-il écarquiller les yeux pour les voir.

Le sorcier devait être conscient de leur présence. Drizzt fit prudemment le tour de la structure, et nota les nombreuses meurtrières. Quand il entendit un chant étouffé, il cria à ses amis de se mettre à courir. Puis il lança un caillou au jugé dans une meurtrière au moment où un éclair en jaillissait. La pierre fut désintégrée mais l'éclair, ricochant, repartit vers son point de départ.

— Tamnatzion ! Tamnatzion ! tonna le sorcier. Fous me le paierez !

L'elfe aux yeux lavande se releva, fou de rage. Il sortit la figurine d'onyx et la tint contre la meurtrière. Les volutes se formèrent...

Un feulement sourd monta de l'intérieur de la tour, suivi des hurlements du nécromancien ; la porte s'ouvrit.

Drizzt passa le premier. Une échelle de fer partait du centre de la pièce ronde ; à mi-chemin du sommet se tenait le sorcier, une jambe prise dans la gueule de la plus magnifique panthère qui fut jamais : Guenhwyvar, parfaitement rétabli !

— Entrez, entrez ! (Sa toge déchiquetée fumait encore par endroits.) Ze zuis Brister Fendlestick. Pienfenue tans mon humple temeure !

Belwar poussa leur dangereux ami à l'extérieur. Drizzt entra. Au passage, il flatta l'encolure du félin.

L'homme descendit de son perchoir. L'elfe noir l'examina ; c'était le premier de son espèce qu'il rencontrait. Il ne fut guère impressionné par ce qu'il voyait.

Il plaça son cimeterre sur la gorge de l'individu.

— Mon ami était un Pech, expliqua-t-il. Tu dois le savoir.

— Pech ! Tes p'tites chozes zans utilité, touchours tans fos pattes !

Jacasseur, qui n'avait eu aucun mal à écarter Belwar de son chemin, approcha.

— Dépêche-toi, Drow, avertit le gnome, ou je ne réponds de rien.

— Rends-lui son identité, exigea Drizzt. Fais à nouveau de notre ami un Pech. Et vite !

— Pah ! renifla le sorcier, méprisant. Il est mieux comme za ! Qui foutrait être un Pech !

La troisième enjambée de la créature projeta le gnome à la renverse.

— Maintenant ! gronda Drizzt.

Exaspéré, le sorcier s'empara d'un grimoire en grommelant dans sa barbe.

— Mitzéraple Petch ! Ch'aurais tû le tuer comme les autres.

Drizzt, qui était près de lui, ne l'entendit pas. Mais les monstres aux doigts crochus ont la plus fine ouïe des habitants d'Ombre-Terre.

D'un revers de la main, Jacasseur envoya le gnome valser à l'autre bout de la pièce. Drizzt fut à son tour balayé par l'élan du géant fou furieux ; les cimeterres volèrent dans les airs. L'échelle de fer fut tordue en deux sous l'impact des coups assenés par la créature géante.

Le sorcier fut-il tué sur le coup ? Quelques instants plus tard cela n'avait plus aucune importance. De ses serres et de son bec, le monstre enragé déchiqueta, renversa, broya tout sur son passage, reliques et objets magiques compris. Le monceau de chair informe qui resta à ses pieds n'avait plus rien d'humain.

Drizzt ne put demeurer un instant de plus dans cet endroit, même pour y dénicher de fabuleux trésors. Il avait trop vu de lui-même dans la folie meurtrière du Pech. Il quitta la tour. Guenhwyvar courut vers lui.

Belwar guida Jacasseur, tremblant, jusqu'à la porte. Toujours pratique, le gnome procéda tout de même à une fouille rapide, sans rien trouver d'intéressant. Le sorcier avait dû placer ses trésors en lieu sûr, dans un autre plan. Et sans la formule magique, il était impossible de déplacer la tour.

Le chemin du retour fut morne, chacun étant perdu dans ses regrets, ses tracas, ses souvenirs.

La sanglante démonstration de Jacasseur n'avait rien de commun avec la paisible race des Pechs.

CHAPITRE XV

RAPPELS SIGNIFICATIFS

— Que sais-tu ? demanda Matrone Malice, inquiète et impatiente, à Jarlaxle.

Il courait des rumeurs de modifications dans la hiérarchie des familles régnantes de Menzoberranzan ; elles n'auguraient rien de bon.

Le mercenaire afficha un air innocent, et réfléchit. Il ne pouvait lui fournir plus de détails sur les intrigues en cours ; il n'était pas stupide au point de trahir les grands de son monde. Il pouvait cependant s'offrir le luxe d'agacer cette femme dangereuse en proférant une observation logique qui lui confirmerait ce qu'elle savait déjà.

— Zin-carla, le revenant, est parti depuis longtemps déjà.

Malice haussa les épaules. Il fallait qu'elle conserve son assurance. Elle aurait parié qu'il en savait plus qu'il ne voulait en dire. La tranquille audace de l'infâme mercenaire montrait bien à quel point elle avait raison de s'inquiéter. La Reine Araignée n'était pas connue pour sa patience.

— Autre chose à me dire ?

Jarlaxle haussa les épaules.

— Alors, sors d'ici, grogna-t-elle.

Il hésita, salua et partit.

Il aurait son paiement en temps voulu.

Une heure plus tard, Malice méditait sur son trône. Son lien mental avec le Zin-carla était limité aux émotions fortes. Mais les tourments de la créature qui avait été le père de Drizzt et son plus proche ami la renseignaient sur sa progression. Les angoisses de feu Zaknafein augmenteraient quand il se rapprocherait de Drizzt.

Elle allait bientôt en savoir plus.

*
* *

— Matrone Malice affirme que le revenant est allé à l'ouest, au-delà de la cité des Svirfneblins, expliqua Jarlaxle à Matrone Baenre.

Il s'était immédiatement rendu au palais de la famille régnante.

— Le revenant ne perd pas la piste, pensa la Première Matrone à haute voix. Bien.

— Mais Matrone Malice pense que Drizzt a plusieurs semaines d'avance.

— Elle te l'a dit ? s'exclama Baenre stupéfaite par l'ampleur de cette indiscrétion.

— Il y a des informations qu'on comprend à mots couverts. Matrone Malice contrôlait ses paroles, mais son ton impliquait bien des choses.

Matrone Baenre opina, lasse de ce jeu truqué. Elle

avait joué un rôle déterminant dans l'accession de Malice au Conseil. Après tout, elle pouvait se contenter d'observer la tournure des événements.

A l'écart, El-viddinvelp, l'ami flagelleur de Baenre, cessa d'écouter la conversation. Avoir une idée de la position de Drizzt était important.

Il projeta ses pensées très loin à l'ouest, envoyant un avertissement le long de corridors moins vides qu'il n'y paraissait.

*
* *

Aussitôt qu'il vit le lac figé et la caverne, Zaknafein sut qu'il tenait sa proie. De vieux souvenirs lui revinrent quand il explora la grotte aux trois chambres. Mais une nouvelle émotion, sauvage, le submergea presque aussitôt : Malice était furieuse. Il bondit, lames au poing et entreprit de ravager l'antre désert.

Une fois calmée, la créature s'assit dans un coin pour réfléchir.

Drizzt n'était pas chez lui.

Il lui fallut un moment pour en déduire que l'elfe et son ou ses compagnons étaient partis depuis plusieurs jours.

Le revenant serait volontiers resté à attendre le retour de sa proie ; ce campement-ci était authentique.

Mais Matrone Malice ne tolérerait plus aucun délai ; le temps lui était compté.

Cette fois les craintes et l'impatience de la Matrone allaient lui coûter très cher.

*
**

A peine quelques heures après que Malice eut obligé son revenant à errer à travers tunnels et corridors, les trois compagnons revinrent par un chemin différent.

Drizzt sut d'instinct que quelque chose n'allait pas. Il bondit, cimeterres aux poings, rejoint peu après par ses deux amis.

Leur antre était sens dessus dessous.

Drizzt exhiba une couverture en lambeaux, proprement cisaillée.

Des épées. Au tranchant finement affûté.

— Des armes de Drow, annonça Drizzt.

— Nous sommes loin de tes semblables et de Menzoberranzan, lui rappela Belwar.

Mais Drizzt connaissait le fanatisme des prêtresses de Lloth.

— Ne sous-estime pas Matrone Malice, dit-il, lugubre.

— Si ta mère est responsable de ça, gronda Belwar, elle va trouver à qui parler.

Mais la lueur de terreur, au fond des yeux lavande, n'était pas pour rassurer le Svirfneblin.

Ils rassemblèrent les quelques effets encore intacts et se remirent en route sans tarder.

Jacasseur prit la tête, décourageant d'éventuels agresseurs. Drizzt cheminait silencieusement à l'arrière, déterminé à protéger ses amis coûte que coûte.

Après de longues journées de marche, la petite troupe atteignit une région au profil accidenté, dont les pointes déchiquetées semblaient des monstres prêts à jaillir. Ils serrèrent les rangs. Malgré la lueur de leur broche enchantée, les ombres menaçantes promettaient les pires périls.

Le paysage était d'une immobilité saisissante, même pour Ombre-Terre. Le profond silence qui régnait laissait penser à une absence totale de vie. Le bruit de leurs pas envoyait de lugubres échos autour d'eux.

Le premier, Belwar sentit le danger : de subtiles vibrations dans la roche. Drizzt lévita jusqu'à la voûte, cherchant un endroit où s'embusquer. Belwar et Jacasseur se dissimulèrent derrière une saillie. L'elfe comprit soudain qu'il n'était pas seul dans les hauteurs.

Une créature à la tête de pieuvre sortit d'entre les stalactites : un Illithid, ou flagelleur mental.

Le monstre le plus maléfique et le plus redouté d'Ombre-Terre.

Il frappa le premier : ses quatre tentacules se raidirent et un cône d'énergie mentale foudroya l'elfe. La volonté de Drizzt fut balayée par le néant qui l'engloutissait ; au même instant, un autre Illithid joignit son attaque aux efforts du premier.

Les deux cimeterres s'écrasèrent sur le sol.

Belwar et Jacasseur avancèrent... vers un brouillard qui luisait comme une porte soudain ouverte sur un autre plan d'existence.

Un Illithid surgit de la brume et les attaqua. Belwar roula à terre ; Jacasseur, grâce à sa nature divisée, fut pour l'attaque mentale une victime moins facile.

Il avança sur l'agresseur et le réduisit en bouillie d'un seul coup de griffe.

Un tir groupé visant le géant grignota peu à peu sa résistance. Deux autres Illithids apparurent tirant Drizzt, toujours évanoui, par les chevilles. Ils l'emmenaient vers l'inconnu. Le désespoir décupla la colère de la créature.

Mais les attaques mentales finirent par avoir raison

d'elle. Elle eut une dernière vision de son ami l'elfe, inconscient et captif.

Puis son esprit s'en retourna au néant.

QUATRIÈME PARTIE

IMPUISSANT

Bien des fois au cours de mon existence, je me suis senti impuissant. C'est peut-être la douleur la plus aiguë qu'on puisse ressentir, nourrie de frustration et de rage. La pointe de l'épée qui frappe le combattant n'a rien de comparable au sifflement d'un fouet sur l'échine d'un prisonnier. Le fouet n'atteint pas forcément la chair, mais sa cruelle morsure blesse toujours l'âme en profondeur.

Nous sommes tous prisonniers à un moment quelconque de notre existence, prisonniers de nous-même ou des atteintes d'autrui. C'est un fardeau que nous portons tous, que nous méprisons et dont bien peu apprennent à se débarrasser. De ce point de vue-là, je m'estime heureux, car ma vie s'est améliorée. Après une adolescence passée sous les yeux vigilants des grandes prêtresses de la Déesse Araignée, elle ne pouvait que s'améliorer...

Dans ma jeunesse, je m'imaginais assez fort pour vaincre seul mes adversaires et imposer mes principes. L'arrogance m'a fait croire que la détermina-

tion gagnerait malgré l'impuissance. *Jeunesse entêtée et stupide je dois l'admettre, car en repensant à ces années, je vois que j'ai rarement été seul. Il y a toujours eu des amis, sincères et chers, pour m'apporter leur soutien même quand je croyais ne pas en vouloir, et même quand je ne le voyais pas.*

Zaknafein, Belwar, Jacasseur, Mooshie, Bruenor, Regis, Catti-brie, Wulfgar, et bien sûr Guenhwyvar, mon cher Guenhwyvar. Voilà les compagnons qui ont justifié mes principes, et m'ont donné la force de continuer malgré l'adversité, réelle ou imaginaire. Voilà les compagnons qui ont combattu l'impuissance, la rage et la frustration.

Voilà les amis qui m'ont donné la vie.

Drizzt Do'Urden.

CHAPITRE XVI

CHAîNES INSIDIEUSES

Jacasseur jeta un coup d'œil à l'extrémité de la grotte, où l'on apercevait la structure aux multiples tourelles qui constituait le château de la communauté illithide. Il distinguait des ombres trapues, et entendait le carillonnement des outils. C'étaient des esclaves, il le savait : Duergars, gobelins, gnomes des profondeurs et autres races, servant leurs maîtres comme tailleurs de pierre, dans la grande caverne où les flagelleurs mentaux avaient élu domicile.

Belwar devait déjà être à l'œuvre.

Conséquence des attaques mentales, Jacasseur se sentait de plus en plus menacé par les instincts du monstre dont il habitait le corps.

Les Illithids soupçonnaient que le géant de pierre était plus que ce qu'il paraissait. La communauté illithide comptait sur la connaissance et la télépathie pour survivre ; les flagelleurs mentaux percevaient en lui des mécanismes de pensée inhabituels chez ceux de sa race.

Les Illithids n'étaient pas idiots ; ils savaient ce qu'ils risquaient à vouloir comprendre et contrôler un monstre d'un quart de tonne doté d'une carapace naturelle. Ils l'avaient donc séparé des autres esclaves.

Il était sur un îlot entouré par un gouffre, en compagnie d'autres créatures, dont un troupeau de rothes et des Duergars à l'évidence détruits par le contrôle mental de leurs maîtres. Les nains gris restaient amorphes, le visage vide d'expression, attendant leur tour de servir de repas.

Une passerelle reliait l'îlot naturel au reste des terres ; elle se rétractait par magie quand on ne s'en servait pas.

Un groupe de flagelleurs approcha et Jacasseur fut bombardé de suggestions mentales : son rôle sur l'île lui apparut clairement. Il devrait être le berger du troupeau. Ils voulaient un nain gris et un rothe ; le nouveau berger obéit.

Aucune victime n'offrit de résistance. Jacasseur tordit le cou du nain et aplatit le crâne du rothe. Les Illithids lui transmirent leur satisfaction. Il se présenta devant le pont métallique qui avançait lentement vers lui. On lui enjoignit de déposer les deux cadavres sur la passerelle rétractable et de retourner sur l'île.

Jacasseur considéra les options. La rage monta en lui, soutenue par la colère d'avoir été séparé de ses amis.

Les Illithids envoyèrent à sa rencontre un ogre de son gabarit. Plus grave, un Illithid se rua sur le levier qui permettait de basculer la passerelle en avant ou en arrière. Un simple geste de la créature, et Jacasseur serait précipité dans l'abîme.

L'ogre vint chercher les cadavres ; en un éclair, le pont fut ramené.

Mange, ordonna un Illithid à l'instant où un rothe infortuné passait à portée de Jacasseur, qui savoura son dîner, tandis que la petite voix d'un Pech mur-

murait son inquiétude pour un Svirfneblin et un Drow.

*
* *

De tous les esclaves récemment capturés, Belwar Dissengulp était le plus recherché. Outre la curiosité suscitée par ses prothèses, il était le mieux adapté aux deux principaux rôles d'un esclave chez les Illithids : tailleur de pierre et gladiateur.

Sa vente aux enchères faillit tourner à l'émeute sous une pluie effrénée d'or et d'objets magiques, de sortilèges et de savants grimoires. Le gnome fut adjugé aux trois flagelleurs qui l'avaient capturé. Ils le conduisirent dans une chambre sombre.

Trois voix télépathiques résonnèrent dans son esprit. Celles de ses nouveaux maîtres. Il sut qu'il ne pourrait jamais plus les oublier.

Devant lui, une grille de fer s'ouvrit sur une arène, bien éclairée, dont les murs élevés abritaient de nombreux gradins.

Il pénétra dans le cercle, anxieux de plaire à ses maîtres. D'étranges mains à quatre doigts se pointèrent sur lui ; des visages de pieuvres dénués d'expression le toisèrent.

D'une autre grille surgit un ogre, qui chercha lui aussi des yeux le point focal de son existence : son maître.

— *Cette horrible bête m'a menacé, mon brave champion svirfneblin*, dit la voix d'un de ses maîtres, une fois les paris engagés. *Détruis-la pour moi.*

Les gladiateurs se ruèrent l'un contre l'autre ; si l'ogre était jeune et stupide, Belwar en revanche était un vétéran roué.

Il roula de côté au dernier instant.

Décontenancé, l'ogre vacilla, cherchant en vain à frapper l'ennemi qui s'esquivait.

La main-marteau percuta le genou de l'ogre qu'elle écrasa avec un bruit mat. Belwar abattit son autre main sur le dos du géant, qui vacilla.

L'ogre projeta dans les airs le moustique qui avait le front de l'attaquer. Le gardien-piocheur se rétablit au terme de quelques roulés-boulés, à moitié assommé et contusionné, mais toujours désireux de plaire à ses maîtres.

Il « entendit » les hourras silencieux de la foule et les cris télépathiques ; il distingua avec une netteté cristalline l'ordre sans appel :

— *Tue-le* !

Belwar n'hésita pas. L'ogre, très affaibli par ses blessures, ne s'était pas encore relevé. Cette misérable chose avait osé menacer ses maîtres ! Il approcha, porta des coups terribles. Sans pitié, il enfonça sa main-pioche dans la poitrine offerte et savoura les derniers soubresauts de l'ogre.

Dans les gradins, le maître vainqueur ramassa fièrement les enjeux, des pièces d'or et des potions magiques. Puis il jeta un œil dans la sanglante arène, et bien que le spectacle du gnome qui s'acharnait sur le pitoyable cadavre lui plût, il transmit l'ordre de cesser.

L'ogre aussi faisait partie des enjeux, après tout.

Inutile de gâcher le dîner.

*
* *

Au cœur du château illithid se dressait une gigantesque tour, une stalagmite évidée pour abriter les membres importants de cette étrange communauté. L'intérieur était muni de balustrades et d'escaliers en colimaçon. Mais le rez-de-chaussée, espace sans fioriture ni décor, abritait l'être le plus important de la communauté : le cerveau central.

D'environ six mètres de diamètre, ce monceau de chair flasque et pulsante liait les Illithids en une symbiose télépathique. C'était le dépositaire de leur savoir, l'œil mental qui les protégeait et qui avait entendu le signal lancé de la cité drow à des kilomètres à l'est. Il était le coordinateur de leur existence, leur dieu. Seule une élite d'esclaves avait accès à ce saint des saints. On les sélectionnait pour leurs doigts fins et délicats de masseurs.

Drizzt Do'Urden était du nombre.

Il s'agenouilla, tendit les bras pour caresser en expert la matière cérébrale. Dès qu'il la toucha, il ressentit de manière aiguë ses plaisirs et ses contrariétés. Il massa plus fortement les zones crispées, ramenant son bien-aimé maître à la sérénité.

Quand le maître était heureux, l'esclave l'était aussi. Rien d'autre ne comptait. Le Drow renégat avait trouvé un but à son existence.

Drizzt Do'Urden avait découvert son foyer.

*
* *

— Une capture des plus profitables, observa un flagelleur de sa voix liquide, comme venue d'ailleurs.

— *Un redoutable gladiateur,* approuva un compagnon.

— Et doué pour creuser. Pour sculpter peut-être ?

— Peut-être plus tard, gloussa le premier. Pour

l'instant, il doit nous rapporter plus d'or et de potions.

— Le monstre aux doigts crochus s'occupe du troupeau.

— Et le Drow, de notre cerveau. Celui-là est un masseur de première catégorie, pour notre plus grand bénéfice.

— Et il y a ceci.

L'être à quatre doigts tendit une figurine d'onyx.

— *Magie ?*

— *En effet. Liée au plan astral.*

— L'as-tu invoqué ?

Les deux autres firent signe que non. C'était un ennemi trop dangereux. Mieux valait l'étudier d'abord.

Ils se préparèrent et quittèrent leur enveloppe corporelle pour faire une incursion dans le plan astral, flottant dans son immense sérénité, loin du plan matériel.

Ils prirent garde à ne pas trop s'approcher du fil d'argent qui reliait la panthère à son plan ; très peu de créatures appréciaient leur ignoble présence, quel que soit le plan où ils voyageaient.

Guenhwyvar s'ébattait dans une forêt de lumière céleste, à la poursuite d'un élan. L'herbivore, non moins gracieux et magnifique que le grand félin, bondissait avec un équilibre parfait. Les deux êtres magiques avaient joué ce scénario des millions de fois ; ils le rejoueraient des milliards de fois encore. L'ordre et l'harmonie régissaient leur univers - comme tous les univers, en dernière analyse.

Quelques créatures, à l'exemple des citoyens de plans inférieurs comme les Illithids, ne concevaient pas la simple perfection de cette harmonie, ni la beauté de cette éternelle chasse. Tout ce que cherchaient les trois témoins de la scène, c'était un moyen d'utiliser le félin à leur avantage.

CHAPITRE XVII

UN DÉLICAT ÉQUILIBRE

Belwar étudia son dernier adversaire, éprouvant une certaine sympathie pour la bête à la solide carapace. Avait-il été l'ami d'une semblable créature ? Mais le flot continuel de suggestions mentales l'empêchait de sonder son propre esprit.

— *Tue-le, mon champion. C'est ton ennemi, à n'en pas douter, et il me blessera si tu ne l'exécutes pas !*

Le monstre chargea, ne voyant aucun problème à faire du gnome son repas.

Le Svirfneblin, bien campé sur ses jambes courtaudes, attendit l'assaut ; au dernier instant il bondit à la gorge de son ennemi, qui eut du mal à résister au choc.

Le Svirfneblin manqua également défaillir sous la douleur d'une épaule démise. Mais les injonctions mentales de son maître lui firent oublier la souffrance.

Les gladiateurs s'effondrèrent, Belwar coincé sous la masse du monstre aux doigts crochus. La créature, ne pouvant dégager ses bras chercha à frapper du bec, repoussant la main-pioche qui tentait de le dévier. Le terrible bec n'était plus qu'à un pouce du visage de Belwar.

Exaltés par le formidable duel, les Illithids jacassèrent à tout va dans leur étrange langage.

Mais le bec ne pouvait atteindre sa cible : bloqué sous sa masse, le coude levé du gnome faisait levier contre le poids adverse. Le monstre changea de tactique, se dégageant soudain pour replonger sur sa proie en un éclair. L'instinct guerrier de Belwar le sauva ; au lieu de jeter la tête de côté, comme tous s'y attendaient, il lança sa main-pioche à hauteur de poitrine, ce qui surprit le monstre. La pioche de mithril percuta la bête à la tempe. A l'instant où le monstre se baissait pour le frapper à la face, le poing de Belwar l'atteignit de plein fouet.

La tête ensanglantée, le bec déchiqueté, le monstre voulut écraser le gnome en utilisant sa masse.

Belwar hurla de douleur ; l'arène était au comble de l'excitation.

Les deux maîtres comprirent qu'ils risquaient de tout perdre en permettant que le combat se poursuive. Ils acceptèrent l'un et l'autre d'y mettre un terme ; il leur fallut de longs moments pour calmer les ardeurs de leurs champions. Leur persuasion finit par avoir raison des instincts meurtriers des esclaves. Comme par miracle, les deux adversaires se découvrirent soudain un début de sympathie. Ils se séparèrent, hésitants.

Beaucoup plus tard, le maître de Belwar vint le chercher dans son étroite cellule pour lui confier d'autres tâches plus paisibles, le temps qu'il se repose et guérisse.

Ils passèrent par le niveau inférieur de la tour centrale. Un Drow agenouillé parmi les esclaves masseurs attira l'attention de Belwar. Quelle chance avait cet elfe noir de pouvoir toucher le cerveau et de lui plaire ! se dit le gnome. Puis il n'y pensa plus.

Son maître le conduisit dans une pièce tranquille et envahit brutalement son esprit tout en soignant ses plaies avec des potions magiques. Chaque intrusion mentale érodait les défenses d'un esclave, révélant davantage ses souvenirs et ses émotions.

Le flagelleur était décidé à tout savoir de cet étrange Svirfneblin et de ses bizarres compagnons de route. L'Illithid se concentra d'abord sur le pourquoi et le comment de ses étonnantes prothèses.

En explorant, il découvrit un curieux chant magique, dont la clef était « *Bivrip !* ».

Ses doigts et ses tentacules se raidirent d'excitation ; il venait de trouver quelque chose d'important, susceptible d'accroître la force du petit être ! Hélas, laisser son esclave recouvrer ce souvenir lui rendrait une partie de son identité perdue.

Si Belwar restait gladiateur, il devrait à nouveau affronter le même adversaire dans l'arène. C'était la loi, après un match nul. L'Illithid doutait que le gnome survive à un nouveau duel contre le monstre.

A moins que...

*
* *

Incognito, Dinin Do'Urden menait son lézard dans le quartier pauvre de Menzoberranzan. Il ne portait aucune marque de son statut de noble. La discrétion était son alliée, à la fois contre les regards mauvais et contre sa mère et sa sœur. Il avait assez vécu pour connaître les dangers de l'insouciance. Il vivait à la limite de la paranoïa, sans cesse en alerte.

Il contint sagement une explosion de colère contre des esclaves qui lui barraient la route. Quand ils se furent écartés, il reprit son chemin.

Soudain Jarlaxle surgit des ombres. Une douzaine d'arbalètes se braquèrent sur Dinin. Le mercenaire qui se tenait devant le jeune Do'Urden était bien différent du Drow à l'onctueuse politesse que connaissait Matrone Malice.

— Bravo, tu m'as trouvé ! railla Jarlaxle. Dis ce que tu as à dire et qu'on en finisse.

Dinin croisa les bras, l'air belliqueux.

— Qu'est-ce qui te fait croire que c'est toi que je cherchais ?

Les ricanements du mercenaire mirent à mal l'assurance du jeune noble.

— Je désire des informations sur le Zin-carla. Le revenant traque Drizzt en Ombre-Terre depuis de nombreux jours. Trop, peut-être ?

Jarlaxle plissa les yeux.

— C'est Matrone Malice qui t'envoie ? dit-il, mi-affirmatif, mi-interrogatif. (Le jeune noble secoua la tête.) Félicitations, tu es aussi sage que fin bretteur.

— Je suis venu de ma propre initiative. Je veux des réponses.

— As-tu peur, fils aîné ?

— Je suis inquiet, répondit-il, ignorant le ton railleur de son interlocuteur. Je ne commets jamais l'erreur de sous-estimer mes ennemis... ou mes alliés.

Jarlaxle le regarda, perplexe.

— Je sais ce que mon frère est devenu. Ou ce qu'était autrefois Zaknafein...

— Zaknafein est maintenant un zombi sous le contrôle de Matrone Malice.

— Depuis bien des jours... Trop, peut-être ?

La remarque se passait de commentaires.

— Ta mère a demandé le Zin-carla, répliqua Jarlaxle. C'est le plus grand don accordé par Lloth. Matrone Malice connaissait les risques.

— Et les conséquences de l'échec ? (Le mercenaire lui décocha un regard incrédule.) Combien de temps Zaknafein a-t-il devant lui ?

Haussant les épaules, Jarlaxle répondit par une autre question :

— Qui peut sonder les desseins de Lloth ? La Reine Araignée peut être patiente, si le gain justifie l'attente. Drizzt le vaut-il ? A Lloth, et à elle seule, d'en décider.

Dinin dévisagea le mercenaire puis repartit. Jarlaxle et sa bande se fondirent à nouveau dans le décor.

*
* *

— *Bivrip* ! s'écria Belwar, achevant le sortilège.

Le gardien-piocheur heurta ses mains de métal sans frémir de douleur. Des éclairs jaillirent au point d'impact ; le maître de Belwar jubila. Il fallait absolument qu'il voie son gladiateur en action !

Il repéra une remise en cours de construction. Toute une série d'instructions télépathiques éclatèrent dans le crâne du Svirfneblin sous forme d'images.

Belwar exécuta la tâche sur-le-champ. La pierre vola en éclats sous sa prothèse ensorcelée ; l'Illithid projeta son plaisir dans l'esprit de son esclave. Même la carapace d'un monstre aux doigts crochus ne résisterait pas à de tels coups.

Renforçant ses instructions, la créature télépathe laissa le gnome continuer seul.

Rien de particulier ne se cristallisa dans les rares

pensées cohérentes du gardien-piocheur ; le besoin de plaire à son maître était sa seule raison d'exister. Pourtant...

Identité ?

But ?

Le chant ensorcelé résonna à nouveau dans son esprit. Il devint le point focal de sa détermination inconsciente de percer le brouillard qui habitait sa tête.

— *Bivrip* ?

Le mot déclencha un souvenir : un elfe noir agenouillé, occupé à masser le cerveau de la communauté illithide.

— Drizzt ? murmura le gnome.

Mais les insinuations mentales revinrent en force. La remise devait être en parfait état.

*
* *

Une masse de chair grise ondulait sous une main à la peau d'ébène ; une vague d'anxiété envahit Drizzt. Elle émanait du cerveau central. La seule réaction du Drow fut la tristesse. Les souffrances du cerveau lui étaient insupportables. Ses doigts effilés massèrent et frottèrent doucement le cortex géant. Drizzt fit lentement couler un peu d'eau chaude ; l'angoisse céda la place à la gratitude.

Derrière l'elfe, sur la grande passerelle, deux Illithids hochèrent la tête, approbateurs. Ce captif était le Drow le plus doué qu'on ait jamais assigné à cette tâche.

Le cerveau central détecta la présence d'un autre Drow dans les toiles des Illithids, au-delà de la longue et étroite caverne. Un autre esclave pour le masser et le détendre, sans doute.

C'est du moins ce qu'il croyait.

Quatre Illithids se mirent en route pour aller le capturer.

Une simple routine.

Les flagelleurs se faisaient des illusions !

CHAPITRE XVIII

L'ÉLÉMENT DE SURPRISE

Du pas agile d'un vétéran drow, le revenant se mouvait silencieusement dans les tunnels. Guidés par le cerveau central, les flagelleurs suivaient l'itinéraire de Zaknafein à la perfection.

Ils l'attendaient.

A l'endroit où s'étaient tenus Belwar et Drizzt, un Illithid bondit sur l'elfe, lançant son attaque mentale.

Peu d'êtres auraient résisté à pareil impact psychique, mais Zaknafein était *mort*... Il appartenait à un autre monde, un autre plan d'existence. Les lames plongèrent dans les yeux laiteux de l'Illithid, des yeux sans pupilles, écarquillés de surprise.

Les trois autres lévitèrent vers leur proie, décidés à vaincre. Leurs attaques mentales n'avaient *jamais* échoué ; Zaknafein les attendit calmement, armes aux poings.

Comment les cônes d'énergie pouvaient-ils être inefficaces ?

Inquiets, les Illithids tentèrent de sonder cet esprit récalcitrant pour comprendre les raisons d'un échec sans précédent. Ils découvrirent une barrière plus forte que leurs capacités de pénétration.

Après le destin funeste de leur compagnon, ils n'avaient nulle intention d'engager un corps à corps avec le zombi. Ils se préparèrent à rebrousser chemin.

Mais ils étaient descendus trop bas.

Zaknafein se souciait d'eux comme d'une guigne. S'il n'avait tenu qu'à lui, il serait reparti sans un regard en arrière. Pour le malheur des Illithids, les instincts de Zak, ses souvenirs de sa vie passée l'amenèrent à une conclusion évidente : Drizzt, lui aussi, avait dû rencontrer les flagelleurs...

A la vitesse de l'éclair, le revenant bondit et agrippa la cheville d'une créature.

L'Illithid était perdu ; la lame plongea avec une force incroyable. Puis, d'un coup de pied, Zak projeta sa victime contre une paroi. Le sang gicla.

L'élan lui fit percuter de plein fouet le second Illithid. Bras et tentacules battirent les airs ; les épées pourfendirent les deux derniers assaillants. Alors le revenant repartit tranquillement, laissant derrière lui trois Illithids morts qui flottaient dans les airs, et un quatrième étendu à terre...

*
* *

Les deux flagelleurs observaient toujours la panthère magique. A leur insu, Guenhwyvar avait conscience de leur présence. Dans le plan astral, des sens plus subtils que la vue ou l'odorat avaient cours. La panthère repérait ses proies grâce à des émanations énergétiques traduites en visions mentales. Les Illithids n'étaient pas rares dans le plan astral.

Drizzt n'avait plus appelé Guenhwyvar depuis des jours et des jours et les deux flagelleurs étaient là. Etait-ce une simple coïncidence ?

L'être magique hésitait pourtant à porter le premier coup contre un ennemi aussi dangereux. Il continua à chasser, tout en les surveillant du coin de l'œil.

Quand il sentit qu'ils allaient repartir dans leur plan matériel, n'y tenant plus, il bondit dans les étoiles. Les flagelleurs mentaux réagirent trop tard. D'un coup de gueule, Guenhwyvar rompit le fil d'argent de la première créature, qui tourbillonna, perdue à jamais. L'autre, ignorant ses cris désespérés, se rua vers le tunnel reliant les deux univers. Mais les griffes du félin le happèrent à l'instant où il passait le seuil.

Guenhwyvar entra avec lui dans le plan matériel.

*
* *

Sur sa petite île, Jacasseur entendit le fracas. Des Illithids se précipitèrent et ordonnèrent aux esclaves de se mettre en formation défensive. Des guetteurs prirent place devant toutes les issues, pendant que les flagelleurs lévitaient pour bénéficier d'une vue d'ensemble.

Une pensée logique traversa l'esprit du monstre : cette crise était l'occasion ou jamais de s'échapper. Le grand problème restait le vide, que Jacasseur ne franchirait certainement pas d'un bond. Ses yeux s'arrêtèrent sur le pont rétractable, de l'autre côté. En visant juste, un projectile pourrait déclencher le mécanisme. Il attrapa le nain gris le plus proche et le lança dans les airs. Le projectile vivant n'atteignit pas le levier. Il tomba vers une mort certaine.

Jacasseur tapa du pied, rageur, et chercha une nouvelle victime. Cette fois, ce fut un jeune rothe qui vola dans les airs.

*
* *

L'arrivée de Zaknafein ne fut ni subtile ni discrète. Il entra directement dans l'étroit goulot.

Le revenant traversa le plus tranquillement du monde les cônes de souffrance lancés contre lui. Les flagelleurs qui l'attaquaient furent taillés en pièces aussi promptement que leurs camarades un peu plus tôt.

Puis vinrent les esclaves. Animés par l'unique désir de plaire à leurs maîtres, gobelins, nains gris, orcs et ogres chargèrent l'intrus. La plupart n'avaient que leurs griffes et leurs dents pour combattre. Leur nombre devait suffire à écraser un vulgaire Drow.

Zaknafein était bien trop rapide pour une tactique aussi directe. Il dansa, esquiva, frappa et tailla dans la chair qui s'offrait de toutes parts à ses coups.

A l'arrière, les Illithids formèrent leurs propres lignes de défense. Leurs tentacules s'agitaient follement sous le flot d'impulsions télépathiques. Ils avaient négligé d'armer convenablement leurs esclaves ; les pertes, catastrophiques, commençaient à leur faire regretter cette décision. Mais les Illithids pensaient encore qu'ils gagneraient. D'autres groupes d'esclaves accouraient. L'intrus se fatiguerait tôt ou tard, et la horde l'écraserait.

Les flagelleurs ne savait vraiment pas à qui ils avaient affaire.

*
* *

Belwar et son maître remarquèrent les spasmes du corps déserté d'un Illithid, signe avant-coureur de l'arrivée d'un esprit revenant de son voyage astral. Belwar capta la satisfaction de son maître avec plaisir.

C'est alors qu'une étrange brume se forma autour du corps en stase.

Le maître de Belwar éprouva les mêmes douleurs et la même terreur que son compagnon, bloqué dans les limbes. Guenhwyvar se matérialisa au-dessus du corps immobilisé qu'il lacéra et déchiqueta de ses griffes.

— *Bivrip* ? murmura Belwar déconcerté, tandis que l'image de Drizzt agenouillé assaillit son esprit.

— *Tue-le, mon brave champion ! Tue-le*, implora son maître.

Mais il était trop tard pour le second Illithid qui revenait à lui ; d'un simple coup de patte, Guenhwyvar le décapita.

Confus sans être effrayé, Belwar avança lentement.

Le troisième flagelleur comprit que le *rappel* du sortilège avait réveillé des souvenirs dangereux chez le Svirfneblin. Belwar n'était plus fiable.

Guenhwyvar devina l'intention du dernier Illithid et bondit à l'instant où celui-ci attaquait le gnome. Il le heurta au moment où l'attaque mentale se déchaînait. La rage croissante du Svirfneblin et son état de confusion firent ricocher l'énergie psychique. Libéré, Belwar vit pour la première fois l'Illithid comme la bête misérable et maléfique qu'il était.

— Allez, Guenhwyvar ! s'écria-t-il.

Le grand félin connaissait la société illithide ; il détenait la clef d'une attaque réussie contre semblables créatures.

Il fit voler la porte en éclats et atterrit sur le grand balcon supérieur, au dernier étage de la tour creuse qui renfermait le cerveau central.

Le maître de Belwar voulut protéger son dieu. Il suivit le félin. Mais la colère du gnome avait ravivé ses forces ; il écrabouilla la face blême d'un seul coup. Plaqué contre la paroi, les yeux écarquillés, l'Illithid glissa lentement le long du mur... vers sa mort.

Douze mètres plus bas, le Drow agenouillé capta la peur et l'indignation de son maître. Il releva la tête au moment où la panthère noire bondissait. A cet instant, il vit en elle une menace contre celui qu'il aimait plus que tout. Mais ni lui ni aucun esclave masseur ne put rien contre le félin qui fondait toutes griffes dehors sur le cerveau, la masse bulbeuse de chair grise qui dirigeait la communauté illithide.

CHAPITRE XIX

MAUX DE TÊTE

Cent vingt Illithids environ vivaient dans la caverne tout en longueur ; tous sentirent une douleur fulgurante à la tête au moment où Guenhwyvar enfonçait ses griffes et ses crocs dans le cerveau central.

Lacérée, déchiquetée, la masse cérébrale émit une onde de terreur absolue pour appeler ses serviteurs. Comprenant que l'aide arriverait trop tard, l'entité céphalique tenta, en désespoir de cause, d'implorer son agresseur.

La férocité de Guenhwyvar ne prêtait pas le flanc à des intrusions mentales. La panthère s'enfonça dans la masse visqueuse.

Hurlant d'indignation, Drizzt courut en vain autour de la cavité. Il cherchait à atteindre la bête. L'angoisse de son maître était devenue paroxystique, le Drow aurait fait n'importe quoi pour que cette torture s'arrête. Les esclaves criaient et gesticulaient, les Illithids couraient en tous sens. Guenhwyvar restait hors de portée de leurs armes.

Peu après, Drizzt cessa ses hurlements et ses gesticulations. Hébété, il se demanda qui il était, où il était, et au nom des *Neuf Enfers*, que diable pouvait bien être cette masse déchiquetée ! Autour de lui, tous les visages affichaient la même expression médusée. Les flagelleurs cherchaient un nouveau plan d'action. Ils ne prêtaient aucune attention aux esclaves plongés dans le chaos.

— Guenhwyvar ! s'écria le Drow, quand la panthère jaillit, un instant avant de s'enfoncer de nouveau dans la masse flasque.

Un Illithid surgit près de lui, concentré. Il ne se rendit pas compte que le Drow, à ses côtés, n'avait plus rien d'un esclave. Drizzt n'avait plus d'armes, sinon son corps ; il bondit et frappa l'estomac du flagelleur de la pointe du pied. L'ennemi fut catapulté sur le cerveau, où il rebondit plusieurs fois sans trouver de prise.

Les esclaves comprirent qu'ils étaient libres ; les nains gris se regroupèrent et piétinèrent leurs maîtres. Un elfe noir, prisonnier comme Drizzt, fut attaqué par un Illithid. Les quatre tentacules se collèrent sur le visage du Drow et s'enfoncèrent dans la chair à la recherche du cerveau.

Dans sa fuite éperdue, Drizzt entendit les cris du malheureux, dont la matière grise était lentement aspirée par les tentacules glissés sous sa peau.

Au moment où Drizzt allait connaître un sort semblable, un *terribilis* géant surgit entre le Drow en fuite et son poursuivant, qu'il écrasa d'un seul coup.

Des renforts accouraient des étages supérieurs. Drizzt prit la fuite par une porte qui semblait son unique chance de salut.

Il atterrit dans les bras ouverts d'un Illithid.

*
**

Si l'intérieur du château de pierre était livré au tumulte, c'était le chaos dehors. Plus personne n'osait affronter l'unique envahisseur. L'attaque contre le cerveau avait libéré les captifs ; les gobelins, les nains gris et les autres n'avaient plus qu'une idée en tête : fuir.

Mécaniquement, Zaknafein étripait ceux qui passaient à sa portée. Il ne faisait pas la distinction entre poursuivis et poursuivants.

Drizzt avait recouvré son identité ; le revenant se focalisa aussitôt sur lui. Avec un grognement guttural, Zak se lança sur la piste de sa proie, laissant dans son sillage des monceaux de cadavres.

*
* *

Un autre rothe vola dans les airs. Il atterrit cette fois sur le levier, qu'il enclencha. La passerelle se déroula en cliquetant jusqu'aux pieds de Jacasseur. Il cala un nain gris sous son bras, juste pour se porter chance, et s'engagea sur le pont. Il était à mi-parcours quand un Illithid surgit et se rua sur le levier.

Jacasseur n'aurait jamais le temps de traverser.

Et il n'aurait pas de seconde chance.

Lancé à bout de bras, le nain gris alla frapper l'Illithid en pleine poitrine.

Jacasseur prit son élan, car le flagelleur allait quand même parvenir à baisser le levier. D'un bond, Jacasseur sauta par-dessus le vide qui s'ouvrait sous ses jambes. Il faillit glisser mais parvint à s'agripper. La gourmandise du flagelleur lui coûta très cher : au lieu de faire basculer la créature dans le gouffre à coups de pied, l'Illithid voulut se régaler de son cerveau. Il s'agenouilla près de lui, cherchant une ouverture pour ses quatre tentacules.

Dans les tunnels, la personnalité divisée de Jacasseur avait résisté aux agressions mentales. Cette fois encore, elles n'eurent qu'un effet limité. Le faciès de la pieuvre, en face de lui, le terrifia assez pour lui faire reprendre ses esprits.

Un coup de bec trancha net deux tentacules ; un coup de griffe faucha un genou. Les os éclatèrent. Les hurlements du flagelleur, sonores et ultrasoniques à la fois, s'élevèrent.

L'instant d'après, l'Illithid basculait dans le vide. La lévitation aurait pu le sauver, mais la douleur l'empêcha de se concentrer. Il pensa à cette solution à l'instant où la pointe d'une stalagmite lui déchirait la moelle épinière.

*
* *

Belwar ouvrit tous les coffrets à la recherche de son équipement. En pure perte.

De retour dans la salle principale, il trouva la figurine d'onyx entre deux chaises. Il l'empocha et écrabouilla machinalement la tête d'un Illithid en exploration astrale. Ne plaçant jamais la finesse au-dessus de l'efficacité, Belwar eut tôt fait de fracasser la trappe dissimulée sous une chaise. Il écarta les bouts de bois et découvrit une ceinture et deux cimeterres. Dans la même cache, il retrouva leurs autres effets.

En bas, le gnome entendait le fracas des attaques ponctuées de hurlements. Il distingua aussi les feulements d'une panthère, qui, à ses oreilles, étaient la plus douce des musiques.

*
* *

Les bras plaqués contre les flancs par l'Illithid, Drizzt ne pouvait que tourner la tête de droite à gauche pour essayer de gêner le monstre. Un, puis deux tentacules vinrent se coller sur son crâne, et, doucement, s'insinuer sous sa peau d'ébène.

S'il ne connaissait rien de l'anatomie des flagelleurs, Drizzt estima certaines possibilités envisageables, puisque après tout c'étaient des bipèdes. Se contorsionnant pour prendre de l'élan, il flanqua un terrible coup de genou dans l'entrejambe du flagelleur.

Le monstre lâcha prise. Drizzt avait vu juste. Il lui assena deux coups de genou supplémentaire dans l'aine.

Ça ne suffit pas. Les tentacules cherchaient toujours le point de contact sur son crâne. Une explosion de douleur, dans la tête de Drizzt, faillit lui faire perdre connaissance.

Mais, le chasseur, en lui se battrait jusqu'au bout.

Les yeux lavande se posèrent sur l'Illithid, flamboyant de haine. Dans un terrible sursaut, l'elfe arracha les tentacules.

Le monstre lança un nouvel assaut psychique. Repoussant la tête de pieuvre d'une main, Drizzt lui flanqua de l'autre un terrible direct. La chair bleuit à vue d'œil sous l'impact. Frénétique, le flagelleur lui laboura les bras de ses ongles et le martela de coups de poing. Mais le Drow n'en avait cure. Il frappa des deux poings joints ; l'Illithid mourut sur le coup.

Un bruit métallique le fit se retourner : une vision familière lui réjouit le coeur.

***

Après avoir lancé les cimeterres au pied de son ami, Belwar chargea l'Illithid le plus proche.

Le gnome bloqua l'attaque psychique et poussa un cri de rage. Même affaibli, il parvint à plonger sur son adversaire. Ils tombèrent sur un autre Illithid, qui accourait à la rescousse. Belwar cogna comme un sourd sur les deux flagelleurs avant de se dégager vers une passerelle latérale, où il se mit à courir.

Enfin, il sauta les cinq mètres qui le séparaient encore du pied de la tour.

***

Les instincts du chasseur étaient trop primitifs pour des attaques mentales sophistiquées. D'un mouvement vif, il tira son cimeterre, fit volte-face et plongea... sur le flagelleur qui le poursuivait.

Quand il l'eût taillé en pièces, il chargea de nouveau, lames au clair, avide de faire couler le sang. Le chasseur voulait tirer vengeance de la masse cérébrale qui l'avait réduit en esclavage.

Un cri sauva le Drow de sa rage aveugle.

— Drizzt ! cria Belwar, qui rejoignait son ami en claudiquant. Aide-moi, elfe noir ! J'ai une cheville foulée !

Toutes idées de représailles instantanément oubliées, Drizzt Do'Urden se précipita vers son ami. L'elfe soutenant le gnome, les deux compagnons quittèrent la chambre circulaire. Ils furent peu après rejoints par Guenhwyvar, couvert de sang et de lambeaux de chair. Il les guida vers l'extérieur. A chaque intersection leur parvenait le tumulte de la bataille. Grâce à ses sens aiguisés, le félin prit la route la plus sûre dans un dédale inconnu des trois compagnons.

Drizzt et Belwar avaient remarqué que les émotions brutes, comme la colère, la peur, la haine, avaient repoussé les assauts psychiques des monstres. C'était le moment, pour Drizzt, de lâcher la bride au chasseur qu'il combattait si fermement !

Mais ces émotions ne pouvaient pas être recréées à volonté... La peur, la soif du sang, la folie, n'émergeaient qu'à la faveur du désespoir, ou de la panique.

Ils traversèrent d'autres cavernes avant d'entendre des martèlements derrière eux.

— Trop bruyants pour des Illithids, souffla Drizzt.
— Des esclaves, déduisit Belwar.

Ceux-ci étaient sûrement retombés sous l'emprise de leurs maîtres.

Les trois amis coururent jusqu'à une grotte plus vaste que les précédentes. Des sorties possibles, un grand portail à vantaux de fer retint leur attention. Entre la porte et eux courait un escalier en spirale ; un seul flagelleur leur barrait le chemin.

— Il nous coupe la route ! cria Belwar.

Le martèlement précipité des pas se rapprochait.

Guenhwyvar monta l'escalier en trois bonds ; l'Illithid disparut sagement dans les ombres alors que le grand félin tenait la position.

L'allégresse fut de courte durée. Les deux compères s'aperçurent que les portes refusaient de s'ouvrir, même sous la poussée de Guenhwyvar.

Belwar chargea, ses mains de métal brandies comme de fantastiques massues.

— Vite, Belwar, supplia l'elfe.

Le gnome s'acharna sur la serrure. Enfin, les deux

vantaux s'écartèrent de quelques centimètres.

— *Magga cammara*, elfe noir ! Il y a une barre derrière !

— Bon sang ! cracha Drizzt.

Un groupe d'Illithids fit son apparition à l'autre bout de la grotte.

Belwar redoubla d'efforts.

Guenhwyvar bondit sur les flagelleurs, qui reculèrent instinctivement.

A cet horrible instant, Drizzt se rendit compte qu'il n'avait plus la figurine d'onyx.

Belwar glissa sa main-pioche dans l'interstice qu'il avait forcé entre les deux vantaux, et parvint à dégager la barre. Les portes s'ouvrirent.

— Vite ! hurla le gnome.

Drizzt refusait de partir sans son félin. Les feux de la haine s'allumèrent en lui.

— Attends ! s'écria Belwar, souhaitant que Drizzt l'entende encore. Utilise ça !

Il sortit la figurine de sa poche.

L'elfe la jeta à terre en criant :

— Va-t'en, Guenhwyvar ! Retourne chez toi ! File, mon ami !

Derrière la horde d'Illithids qui masquait la panthère monta la brume caractéristique.

Comme un seul, les flagelleurs se retournèrent et chargèrent l'elfe et le gnome.

Les deux compagnons se ruèrent de l'autre côté, refermèrent la porte, et replacèrent la barre. Même tordue, elle ralentirait l'ennemi.

— Les autres esclaves sont piégés ! ragea Drizzt.

— Des gobelins et des nains gris en majeure partie...

— Et Jacasseur ?

Belwar écarta les bras, impuissant.

— Je les plains tous, s'écria Drizzt, sincèrement horrifié. Rien n'est plus douloureux que les griffes psychiques des flagelleurs.

— Tu as raison, elfe noir, murmura Belwar. Où aller maintenant ?

Les coups faisaient trembler la porte : il fallait partir au plus vite.

Devant eux s'étendait la caverne oblongue ; entre les sorties et eux, en bas, des groupes d'Illithids et d'esclaves couraient en tous sens.

— On y va ! cria Drizzt, poussant son ami.

Ils dévalèrent un grand escalier, résolus à fuir le plus loin possible du château de pierre.

Ils se frayèrent un chemin à coups de cimeterres. Quand un esclave plus grand que les autres se dressa devant eux, Drizzt retint ses lames.

— Jacasseur !

— Dddd... derrière... la caverne, haleta leur ami. Mmmm... meilleure sortie.

— Conduis-nous ! dit Belwar.

A eux trois, ils tenaient le monde dans le creux de leurs mains !

Quand le gnome s'aperçut que l'elfe ne les suivait pas, il se retourna et vit celui-ci contempler au loin une mince silhouette, qui se battait sur l'un des nombreux escaliers, pourfendant esclaves et Illithids avec une ardeur impressionnante.

— Par les dieux, murmura le gnome, presque effrayé par l'efficacité du combattant.

Les envois précis, les souples mouvements de poignet n'avaient rien d'effrayant pour Drizzt. Mais leur vision rouvrit en lui d'anciennes blessures. Le jeune elfe se tourna vers son compagnon et murmura le nom du seul homme capable de passes d'armes aussi magnifiques :

— Zaknafein.

CHAPITRE XX

PÈRE, MON PÈRE

Combien de mensonges lui avait servi Matrone Malice ? Où trouver une vérité dans le tissu de tromperies qui caractérisait la société drow ? Son père n'avait pas été sacrifié à la Reine Araignée ! Zaknafein était là. Il se battait sous ses yeux.

— Qu'est-ce qu'il y a ? demanda Belwar.

— Le guerrier drow, souffla Drizzt d'une voix à peine audible.

— De ta cité, elfe noir ? Venu te chercher ?

— De Menzoberranzan, oui...

Il n'ajouta rien, fasciné par ce qu'il voyait.

— Il faut partir, dit le gardien-piocheur.

— Vite, renchérit Jacasseur, d'une voix plus assurée, comme si la vue de ses amis avait suffi à renforcer son côté Pech. Les flagelleurs organisent leur défense. Beaucoup d'esclaves.

— Je refuse de le quitter ! s'écria Drizzt.

— *Magga cammara*, elfe noir ! Qui est-ce ?

— Zaknafein Do'Urden ! hurla-t-il. Mon père...

Le temps que Belwar et Jacasseur échangèrent des

regards incrédules, Drizzt était parti. Au loin, son père paradait sur des tas de cadavres ; tous ceux qui avaient eu la malchance de croiser sa route. Des groupes d'Illithids avaient déjà pris la fuite devant lui.

Au moment où le revenant allait les poursuivre, plusieurs alarmes magiques l'avertirent de la proximité de sa proie. Drizzt arrivait. L'instant de la victoire du Zin-carla était proche !

— Maître d'armes ! s'écria Drizzt, qui s'élança jusqu'à lui, fou de joie.

Il ignorait tout du monstre qui se tenait là. Pourtant, il sentit que quelque chose n'allait pas. L'étrange lumière de ces yeux, l'absence de réaction à son joyeux appel...

L'instant suivant, une épée déchira l'air.

Drizzt parvint à lever un cimeterre à temps pour bloquer le coup.

— Père, cria-t-il, dérouté, c'est moi, Drizzt !

Deux nouvelles attaques, qu'il para aussi vivement.

— Qui êtes-vous ? s'exclama-t-il, furieux.

Le zombi continua de ferrailler. Drizzt se défendit jusqu'à ce que, d'une seule botte, le maître d'armes lui arrache ses cimeterres. Une épée plongea pour lui pourfendre le cœur.

Belwar et Jacasseur hurlèrent, croyant leur ami perdu.

Les instincts du chasseur volèrent la victoire au revenant.

Drizzt plongea à son tour. Il se contorsionna pour esquiver l'attaque mortelle. La lame effleura sa mâchoire en sifflant. Quand le jeune elfe se releva, il tourna vers son père un regard lavande enflammé de haine.

Son agilité surprit jusqu'à ses compagnons, qui l'avaient pourtant déjà vu se battre. Zaknafein se précipita, mais Drizzt était déjà debout, prêt à tout.

Persuadé que le personnage devant lui n'était pas son père, il ne manqua pas l'ouverture, et pointa une de ses lames - il les avait ramassées en un éclair -, contre son adversaire. Le métal perça la cotte de mailles pour s'enfoncer dans un poumon, une blessure qui aurait eu raison de n'importe quel mortel.

Zaknafein ne broncha pas. Il ne respirait pas, ne ressentait aucune douleur. Il eut un sourire si malveillant que même Malice se serait levée et aurait applaudi.

Revenu au pied de l'escalier, Drizzt écarquilla les yeux d'étonnement. Une plaie béante au côté, l'autre avançait toujours.

— Va-t'en ! hurla Belwar.

En cet instant critique, le côté pech du monstre reprit le dessus ; il parla d'une voix claire :

— Les pierres m'ont appris que les Illithids se réunissent au château. Ils vont bientôt faire une sortie en force, et tous les esclaves vont périr.

Belwar n'en douta pas un instant, mais pour le Svirfneblin, la loyauté comptait plus que la sécurité personnelle.

— Pas question de laisser le Drow ici, souffla-t-il entre ses dents.

Jacasseur hocha la tête et chargea pour disperser un groupe de nains gris qui s'étaient un peu trop rapprochés.

Drizzt se concentra sur le monstre qui avait usurpé l'identité de Zaknafein. De tous les tourments imaginés par sa mère, celui-ci remportait la palme de l'abomination. Malice avait réussi à pervertir le bien le plus précieux de son cœur. Il avait eu tant de peine de croire son père mort.

Et maintenant, ceci.

C'était plus qu'il ne pouvait supporter. Le jeune elfe voulait combattre ce monstre, corps et âme. Le revenant, créé à cette fin, était on ne peut plus disposé à répondre.

Ni l'un ni l'autre ne remarqua l'Illithid qui lévitait dans le dos de Zak.

— Viens, monstre de Matrone Malice. Viens tâter de mes cimeterres.

L'Illithid lança son attaque mentale.

Drizzt la reçut de plein fouet ; une chape de plomb s'abattit sur lui, alourdissant ses paupières tandis que le néant surgissait pour l'engloutir. Un fracas métallique accompagna sa chute.

Exultant, Zaknafein avança.

Le monstrueux hurlement de Jacasseur ébranla les fondations du château et flotta au-dessus du tumulte. Voir l'être qui l'avait pris en amitié sur le point d'être massacré sous ses yeux lui rendit toute son identité pech.

Zaknafein plongea sur sa victime impuissante, épée en avant... et heurta un mur de pierre qui surgit du néant ! Frustré, il martela la roche ; hélas, elle était bien réelle !

Le Svirfneblin leva des yeux ébahis sur son compagnon. Certains Pechs, disait-on, étaient capables de créer des murs de roche de toutes pièces.

Jacasseur grimpa les marches quatre à quatre et prit doucement l'elfe groggy dans ses bras. Puis il s'enfuit, non sans avoir ramassé les cimeterres de son ami.

Il hurla au gardien-piocheur de détaler lui aussi sans demander son reste.

Jacasseur se fraya un chemin dans la grande caverne sans que nul n'ose lui barrer le chemin. Le Svirfneblin le suivit tant bien que mal sur ses petites jambes.

Hurlant sa rage, Zaknafein se retourna contre l'Illithid, et lui trancha net les deux pieds.

Le flagelleur lévita plus haut, envoyant à la ronde

des cris mentaux de douleur et de détresse. Furieux, le revenant lança une épée contre la créature avec une implacable précision de tir.

Effaré, l'Illithid contempla la lame fichée jusqu'à la garde dans sa poitrine.

Une horde de flagelleurs fondit sur le revenant drow, l'attaquant de toutes parts. De sa dernière lame, il se mit en devoir de les tailler en pièces, déchargeant sa hargne et sa frustration sur leurs hideux faciès de pieuvre.

Drizzt lui avait filé entre les doigts... pour le moment.

CHAPITRE XXI

PERDU ET RETROUVÉ

— Gloire à Lloth, bafouilla Malice, sentant la jubilation du Zin-carla. Il a Drizzt !

Ses trois filles reculèrent instinctivement devant la brutalité des émotions qui défiguraient leur mère.

— Zaknafein a trouvé votre frère !

Maya et Vierna échangèrent des sourires de soulagement. Chaque jour qui passait, leur mère devenait de plus en plus obsédée par cette chasse.

Un observateur un peu doué aurait pu remarquer une nuance de déception dans le sourire de Briza.

Heureusement pour elle, Matrone Malice était trop accaparée par les événements pour le remarquer ; elle plongea dans une transe méditative, savourant la rage de sa créature, entièrement dirigée contre son fils. Sa respiration s'accéléra au fil du combat. Puis elle s'interrompit presque totalement.

Quelque chose avait arrêté le bras du zombi.

— Non ! hurla-t-elle, bondissant de son trône, cherchant du regard un être à frapper, un objet à fracasser. Ce n'est pas possible !

— Le revenant est détruit ? demanda Maya.

— Pas détruit, répondit Malice d'une voix mal assurée, une fois n'était pas coutume. Mais encore une fois, votre frère lui a filé entre les doigts !

— Le Zin-carla n'a donc pas échoué, avança Vierna, tâchant de calmer sa mère.

— Le revenant est très près du succès, renchérit Maya.

Malice retomba sur son trône, essuya la sueur de son front.

— Laissez-moi, ordonna-t-elle à ses filles.

Le Zin-carla lui volait son essence vitale, elle le savait, car chacune de ses pensées, chacun de ses espoirs étaient désormais liés aux actes du revenant.

Une fois seule, elle alluma une bougie et prit un petit miroir. Quelle misérable épave elle était devenue, ces dernières semaines. Elle avait à peine mangé ; des rides creusaient son front d'ébène autrefois lisse. Elle avait plus vieilli en quelques jours qu'au siècle précédent.

— Je vais devenir comme Matrone Baenre, murmura-t-elle, desséchée et flétrie !

Pour la première fois de sa longue vie, Malice s'interrogea sur le sens de sa quête continuelle de pouvoir. Elle se demanda s'il était juste de consacrer sa vie à quémander les faveurs de l'impitoyable Reine Araignée. Mais ces pensées se dissipèrent vite. Elle en avait trop fait pour s'abandonner à de stupides regrets. Par son obstination et sa dévotion, elle avait élevé son clan au rang de famille dirigeante, et elle s'était gagné un siège au prestigieux Conseil.

Elle était pourtant au bord du désespoir, minée par les dernières épreuves.

Quelle misérable épave elle était devenue.

Drizzt en était la cause ! La trahison de son fils cadet avait attiré sur eux les foudres de la Reine

Araignée. Son sacrilège avait mené Malice au bord du gouffre.

Plus que tout au monde, Matrone Malice Do'Urden voulait voir son fils mort.

*
* *

Il coururent le long des couloirs, espérant que nul monstre, en plus de ceux qui les poursuivaient, ne viendrait leur barrer la route.

Ils coururent des heures durant ; Jacasseur finit par jucher Belwar, à bout de forces, sur son épaule. Quand enfin ils firent halte, Drizzt, morose, monta la garde à l'ouverture de la petite grotte qu'ils avaient choisie. Sentant la douleur qui minait son ami, Belwar le rejoignit.

— Ce n'est pas ce que tu attendais, elfe noir ? demanda doucement le Svirfneblin. (Il ne se laissa pas démonter par le silence de Drizzt.) Le Drow, tout à l'heure... Tu prétendais que c'était ton père.

— Zaknafein, lâcha l'elfe noir. Zaknafein Do'Urden, mon père et mon mentor. C'est lui qui m'a entraîné. Il était mon unique ami à Menzoberranzan, le seul Drow qui ait jamais partagé mes idées.

— Il voulait te tuer, dit le gnome. Peut-être ne t'a-t-il pas reconnu ?

— C'était mon père, répéta Drizzt, mon plus proche compagnon pendant deux décennies.

— Alors pourquoi, elfe noir ?

— Ce n'est plus *lui*. Zaknafein est mort, sacrifié par ma mère à la Reine Araignée.

— *Magga cammara*, chuchota Belwar, horrifié par cette révélation.

Le détachement avec lequel Drizzt mentionnait

l'affreux crime de sa mère laissait supposer qu'il s'agissait d'une pratique courante chez les elfes noirs. Un frisson glacé parcourut l'échine du Svirfneblin, mais il sublima sa répulsion pour l'amour de son ami tourmenté.

— J'ignore quel monstre Matrone Malice a mis à la place de mon père, continua Drizzt, sans remarquer le malaise de Belwar.

— Un formidable ennemi, quel qu'il soit.

C'était bien ce qui troublait l'elfe. Le guerrier drow qu'il avait combattu évoluait avec la précision et le style de Zaknafein Do'Urden. Son cœur lui disait que le monstre avec qui il avait croisé le fer était bel et bien son père.

— Comment le combat s'est-il terminé ? demanda Drizzt. Je me souviens de l'Illithid et de rien d'autre.

— Demande à Jacasseur, dit Belwar, haussant les épaules. Un mur de pierre s'est matérialisé entre l'ennemi et toi, mais quant à savoir comment, je n'en ai pas la moindre idée.

Jacasseur se rapprocha.

— Je l'y ai mis, dit-il d'une voix parfaitement claire.

— Les pouvoirs d'un Pech ? interrogea Belwar, qui ne connaissait pas le sujet en détail.

— Nous sommes une race pacifique, commença Jacasseur, se rendant compte qu'il n'aurait peut-être pas d'autre chance de tout expliquer à ses amis. (Déjà, la personnalité de Pech se coulait en lui.) Notre seul désir est de travailler la roche. C'est notre vocation et notre amour. De notre symbiose avec la terre naît notre pouvoir. Les pierres nous parlent et nous aident dans nos tâches.

Drizzt lança un regard en coin à Belwar.

— Comme l'élémental de terre que tu as un jour invoqué contre moi.

Belwar eut un rire embarrassé.

— Non, reprit Jacasseur, sobrement. Les gnomes des profondeurs peuvent invoquer les pouvoirs de la terre, mais leur relation avec elle est différente. L'amour des Svirfneblins pour la terre n'est qu'une de leurs nombreuses approches du bonheur. Les Pechs sont les frères de la terre. Elle nous aide comme nous l'aidons, par pure affection.

— Tu parles de la terre comme d'un être vivant, remarqua l'elfe, dont la curiosité était piquée au vif.

— C'est le cas, elfe noir, répondit Belwar qui tentait d'imaginer ce que Jacasseur avait été, avant sa rencontre avec le sorcier. Pour ceux qui sont capables de l'entendre...

La grande tête à bec opina vigoureusement.

— Les Svirfneblins entendent le chant de la terre dans le lointain, dit-il. Les Pechs peuvent lui parler directement.

Tout cela passait bien au-dessus de la tête de l'elfe. Il savait ses compagnons sincères, mais les elfes noirs n'avaient pas de connexion particulière avec la roche qui les entourait.

— Que te disent les pierres maintenant ? demanda l'elfe à Jacasseur. Avons-nous semé nos ennemis ?

Le monstre colla une oreille contre une paroi.

— Les paroles sont indistinctes, se lamenta-t-il, son ouïe de Pech peu à peu étouffée par le retour du monstre. Je n'entends pas de poursuivants, mais dois-je encore faire confiance à mes oreilles ?

Il grogna et se précipita dans le coin le plus reculé de l'alcôve.

Inquiets, Belwar et Drizzt le rejoignirent.

— Que se passe-t-il ? demanda le gardien-piocheur, même s'il avait sa petite idée.

— Je *m'effondre*, répondit Jacasseur, la voix à nouveau éraillée. Dans la grotte illithid, j'étais Pech, j'étais la terre. (Drizzt parut ne pas comprendre.) Le mm... le mur, essaya-t-il d'expliquer. Pareille invocation est une tâche que seuls les Anciens sont capables de réussir au prix de douloureux rituels. (Il secoua violemment la tête.) Je l'ai pourtant fait. Je suis devenu la pierre et je n'ai eu qu'à lever la main pour bloquer l'ennemi de Drizzt !

— Et maintenant, dit doucement l'elfe, cela t'échappe de nouveau, étouffé par les instincts d'un monstre aux doigts crochus.

Jacasseur détourna les yeux et lança contre la paroi une patte tordue. Puis il recommença en cadence, comme s'il tentait de retenir un peu de sa personnalité.

Drizzt et Belwar s'éloignèrent, pour laisser leur ami tranquille. Quand le martèlement cadencé cessa, Jacasseur apparut, ses yeux d'oiseau emplis de tristesse. Les mots qu'il bafouilla terrifièrent ses amis, incapables de contredire leur logique :

— Sss... s'il vous plaît ttt... tuez-moi.

CINQUIÈME PARTIE

ESPRIT

L'esprit. On ne peut le briser, ni le voler. Un esclave en proie au désespoir pourrait croire qu'on le peut, et, certainement, le « maître » de cet esclave aimerait le croire. Mais en vérité, l'esprit perdure, étouffé, jamais totalement nié.

C'est sur ce concept erroné que repose le Zincarla et les dangers inhérents à de telles animations douées d'esprit. Ainsi que je l'ai appris, les prêtresses prétendent qu'il s'agit du don le plus précieux de la déité arachnéenne qui gouverne les Drows. Je ne le pense pas. Mieux vaut appeler Zincarla le plus gros mensonge de Lloth.

Les pouvoirs physiques du corps ne peuvent être séparés du raisonnement de l'esprit et des émotions du cœur. C'est une seule et même chose, la somme qui fait un être unique. C'est de l'harmonie de ces trois instances - corps, pensée et cœur - que naît l'âme.

Combien de tyrans ont essayé de les séparer ? Combien de dirigeants ont cherché à réduire leurs sujets à de simples instruments de profit et de gain ? Ils volent l'étincelle de l'amour et de la religion à leur peuple ; ils cherchent à s'approprier l'esprit.

Mais ils échouent inexorablement.

Ceci, je dois le croire. Si la flamme qui anime l'esprit est soufflée, il ne reste que la mort, et un tyran ne trouve aucun profit à diriger un royaume peuplé de cadavres.

Mais c'est une chose douée d'éternité que cette indomptable flamme de l'esprit, qui lutte toujours. Chez certains, elle survivra jusqu'à la chute du tyran.

Où donc était le vrai Zaknafein quand sa marionnette se mit en marche pour me détruire ?

Où étais-je, au cours de ces années passées dans les étendues sauvages, quand le chasseur aveuglait mon cœur et guidait mes armes contre ma volonté ?

Nous étions là tout le temps, je l'ai compris, étouffés, mais jamais perdus.

Esprit. Dans chaque langage des Royaumes, que ce soit à la surface ou en Ombre-Terre, toujours et partout, le mot est synonyme de force et de détermination. C'est le courage du héros, la tendresse de la mère, l'armure du pauvre homme. Cela ne peut être rompu, ne peut être extirpé.

Cela, je dois le croire.

Drizzt Do'Urden

CHAPITRE XXII

SANS DIRECTION

Le gobelin tomba mort avant d'avoir compris ce qui lui arrivait. Zaknafein foula aux pieds le petit corps foudroyé, et passa son chemin, vers la sortie arrière de l'étroite caverne.

Alors que le revenant tournait le dos à sa dernière victime, un groupe d'Illithids jaillit devant lui. Grondant d'un air menaçant, il ne fit pas mine de s'arrêter ou de se détourner. Sa logique était aussi raide que sa démarche ; Drizzt était passé là, et il le suivrait.

Tous ceux qui viendraient se mettre en travers de son chemin tâteraient de ses lames.

Laissez passer celui-ci ! ordonna un cri télépathique, venu de l'esprit de ceux qui l'avaient vu en action. *Vous ne pouvez pas gagner ! Laissez ce Drow partir* ! Plus d'une douzaine de flagelleurs étaient tombés sous ses coups.

Le nouveau groupe ne dédaigna pas l'avertissement. Les Illithids s'égayèrent à toute allure.

Tous sauf un.

L'existence des flagelleurs se fondait sur un pragmatisme nourri par d'innombrables connaissances collectives. Ils considéraient les émotions primaires telles que la fierté comme des défauts impardonnables. Cette théorie se vérifia une fois de plus.

L'Illithid resté seul lança son assaut psychique sur le revenant. Il se croyait plus fort que ses frères.

L'instant d'après, le temps d'une botte, Zaknafein contemplait la poitrine ouverte du téméraire.

Plus personne n'essaya de l'arrêter.

La piste était fraîche. Zaknafein ne pouvait pas évoluer aussi vite que sa proie.

Mais Drizzt était forcé de se reposer.

*
* *

— Stop ! ordonna Belwar d'un ton sans réplique.

Jacasseur et Drizzt s'immobilisèrent instantanément. Que se passait-il ?

Belwar alla coller son oreille contre la roche.

— Des bottes, chuchota-t-il. Un tunnel parallèle.

Drizzt le rejoignit et écouta attentivement. Même si ses sens étaient plus aiguisés que ceux des autres elfes, il n'était pas aussi doué que le gnome des profondeurs pour interpréter les vibrations de la roche.

— Combien ?

— Quelques-uns, répondit Belwar d'un haussement d'épaules.

— Sept, précisa Jacasseur d'une voix sûre et ferme. Des Duergars - des nains gris - qui fuient devant les Illithids, comme nous.

— Les tunnels se croisent-ils ? lui demanda Belwar. Pouvons-nous éviter les Duergars ?

— Les tunnels se rejoignent non loin devant, répondit Jacasseur.

— Donc, si nous restons ici, les nains gris vont nous dépasser sans nous voir, déduisit Belwar.

— Les Duergars et nous avons un ennemi en commun, murmura Drizzt. (Une idée lui vint soudain !) Et si on s'alliait ?

— Même si les Duergars et les Drows voyagent souvent ensemble, les nains gris ne s'allient pas aux Svirfneblins, lui rappela Belwar. Ni aux monstres aux doigts crochus, j'imagine !

— Leur situation est loin d'être ordinaire, répliqua l'elfe. Si les Duergars fuient les flagelleurs, ils sont probablement mal équipés et sans armes. Ils pourraient accepter une alliance, profitable à tous.

— Je ne pense pas qu'ils seront si amicaux, rétorqua Belwar, sarcastique. Je concède, en revanche, que cet étroit boyau est un terrain mieux adapté à la taille d'un Duergar qu'aux longues lames d'un Drow ou aux bras encore plus longs d'un monstre aux doigts crochus. Si les Duergars rebroussent chemin au carrefour et foncent sur nous, il se peut que nous livrions bataille dans une zone qui leur sera favorable.

— Alors, en route pour ce carrefour, dit Drizzt, et tâchons de savoir tout ce que nous pourrons.

Les trois compagnons arrivèrent dans une petite grotte en forme d'ogive. Trois tunnels s'y rejoignaient. Ils se coulèrent dans l'ombre du troisième. Les bruits de pas se faisaient plus forts.

Un instant plus tard, sept Duergars firent leur apparition. Hagards, mais non dépourvus d'armes : trois possédaient des massues, un autre une dague, deux des épées, et le dernier portait deux gros cailloux.

Drizzt retint ses amis et avança à découvert. Même sans se vouer un amour particulier, les deux races formaient à l'occasion des alliances satisfaisantes. Le Drow estimait que ses chances de conclure pareil pacte seraient plus grandes s'il négociait seul.

Son apparition effraya les nains gris soûlés de fatigue. Ils se mirent en formation défensive, épées et massues brandies.

— Salutations, Duergars, dit Drizzt, espérant que les nains gris comprendraient sa langue.

— Qui es-tu ? demanda l'un des porteurs d'épée, dans un drow hésitant mais compréhensible.

— Un évadé, comme vous, qui fuit les flagelleurs.

— Alors tu te doutes que nous sommes *un peu pressés* ! grogna le Duergar. Dégage la route !

— Je vous offre une alliance, dit Drizzt. Le nombre est sûrement un atout contre les Illithids.

— Sept en valent bien huit, répondit le Duergar, entêté.

Derrière lui, le lanceur de pierre arma son bras.

— Mais ils n'en valent pas dix, objecta Drizzt calmement.

— Tu as des amis ? s'enquit le Duergar d'un ton considérablement adouci. (Il jeta un œil inquiet alentour.) D'autres Drows ?

— Pas vraiment, répondit Drizzt.

— Moi avoir vu lui ! s'écria un autre dans un drow épouvantable. Lui enfui avec le monstre à bec et le Svirfneblin !

— Un gnome des profondeurs ! (Le chef cracha aux pieds de l'elfe.) Pas digne d'être un ami des Duergars ou d'un Drow !

Drizzt aurait volontiers passé son chemin avec ses compagnons. Mais les nains gris avaient la réputation amplement méritée d'être des crétins plutôt belliqueux. Avec les Illithids sur leurs talons, ceux-ci auraient dû avoir leur compte d'ennemis !

Une pierre frôla la tête de l'elfe en sifflant. Un

cimeterre vola dans les airs, déviant le projectile.

— *Bivrip* ! s'écria quelqu'un dans les ombres.

Belwar et Jacasseur surgirent à leur tour, pas surpris le moins du monde par la tournure des événements.

A l'Académie de Menzoberranzan, Drizzt avait passé des mois à apprendre les ruses des nains gris. Cet entraînement lui sauva la vie car il porta le premier coup ; il auréola ses sept petits adversaires de feux féeriques pourpres (un don propre aux elfes noirs).

Presque au même instant, trois Duergars disparurent, recourant à leur faculté de se rendre invisible. Cependant, les auréoles pourpres ne s'effacèrent pas ; elles signalaient clairement la position des nains.

Un second projectile fendit les airs et vint s'écraser contre le poitrail de Jacasseur. Le monstre, protégé par sa carapace naturelle à plaques poreuses, aurait souri de cette misérable chiquenaude si un bec avait été capable de sourire. Sans plus attendre, il plongea dans la mêlée.

Le frondeur et l'épéiste se dégagèrent en toute hâte de son passage ; ils ne disposaient d'aucune arme capable de percer pareille peau. Jacasseur ne s'acharna pas contre eux. Il avait largement de quoi donner de la tête ailleurs. S'imaginant avoir affaire au plus vulnérable du trio, les Duergars fondirent sur le petit Svirfneblin. Une main-pioche déchira l'air et stoppa net leur charge... et leurs illusions. Le Duergar sans arme plongea dans l'espoir d'agripper le bras du gnome. Belwar anticipa la manœuvre et, de sa main-marteau, frappa le nain gris en pleine face. Des étincelles jaillirent : les os furent réduits en poussière ; la peau grise, brûlée, éclata. Le Duergar s'effondra, les mains serrées sur son visage en bouillie.

Le bretteur n'était plus si impatient de se lancer à l'attaque.

Deux Duergars invisibles s'élancèrent contre Drizzt. Grâce à l'aura pourpre, ce dernier pouvait suivre leurs mouvements ; il restait quand même désavantagé, car il allait se trouver dans l'incapacité de prévoir les attaques et les feintes. Il recula, mettant quelque distance entre ses compagnons et lui.

Il *sentit* une offensive et para d'un cimeterre, souriant d'entendre le choc du métal contre le métal. Le nain gris apparut brièvement, un sourire mauvais aux lèvres.

— Combien de coups crois-tu pouvoir bloquer ? railla un autre Duergar invisible.

— Plus que tu ne soupçonnes, répliqua Drizzt, souriant à son tour.

Son globe de ténèbres absolues s'abattit sur les trois assaillants, leur volant leur avantage.

Dans la sauvage mêlée, les instincts bestiaux de Jacasseur reprirent le contrôle de son corps. Le géant ne comprenait pas la signification des lignes pourpres qui brillaient dans l'obscurité, auréolant le troisième Duergar invisible ; il se rua donc sur les deux qu'il voyait encore.

Une massue s'écrasa sur son genou ; le nain invisible s'esclaffa. Les deux autres s'évanouirent dans les airs ; Jacasseur ne leur prêta plus la moindre attention. La massue invisible le heurta à nouveau, le blessant cette fois à la cuisse.

Livré à des pulsions qui n'avaient rien à voir avec la finesse, le monstre hurla et tomba en avant, écrasant les flammèches pourpres de toute sa masse. Il piétina l'emplacement pour plus de sûreté, jusqu'à ce qu'il fut convaincu que l'ennemi invisible était aplati comme une crêpe.

Une volée de coups de massue s'abattit sur son

crâne...

Le Duergar à l'épée n'était pas un novice. Il ferraillait avec mesure, incitant Belwar à se découvrir. Les gnomes des profondeurs et les Duergars se vouaient une haine mortelle, mais Belwar n'était pas né de la dernière pluie. De sa main-pioche, il se contenta de tenir son adversaire en respect, sa main-marteau prête à frapper.

Les deux antagonistes attendirent un bon moment. Ils s'observaient sans prendre de risques. Mais quand Jacasseur poussa un cri de douleur, Belwar agit : il feignit de trébucher et plongea, main-marteau projetée en avant, main-pioche au-dessous.

Le Duergar déjoua sa ruse, mais comment laisser passer cette ouverture ? L'épée fendit l'air en direction de la gorge du gnome.

Le gardien-piocheur se jeta en arrière, décochant au passage un coup de pied sous le menton du nain gris. Celui-ci ne se laissa pas ébranler ; il plongea sur son adversaire déséquilibré.

La main-pioche dévia la dague à la dernière seconde ; les visages des deux combattants se retrouvèrent à quelques centimètres l'un de l'autre. Le nain gris pesait de tout son poids sur le gnome.

— Je t'ai eu ! s'écria le Duergar.
— Attrape ça ! gronda Belwar.

Il dégagea sa main-marteau suffisamment pour frapper son adversaire dans les côtes. Le Duergar le gifla ; le gnome lui mordit le nez en représailles. Ils roulèrent, crachant et grondant comme des chats furieux.

Au cliquetis des lames, on eût pu jurer qu'une douzaine de guerriers livraient bataille dans ces ténèbres ensorcelées. Le tempo frénétique des passes d'armes était uniquement dû à Drizzt Do'Urden. Dans une telle situation, mieux valait opposer un barrage à toutes les offensives potentielles, et garder le fer le plus éloigné possible de son corps. Ses cimeterres menaient une folle danse, obligeant les deux nains gris à reculer sans cesse.

Chaque bras effectuait des moulinets indépendamment de l'autre ; si l'un des deux adversaires parvenait à se glisser sur son flanc, le Drow savait qu'il aurait de graves problèmes.

Chaque cliquetis métallique renseignait Drizzt un peu plus sur la tactique et les capacités de ses adversaires. En Ombre-Terre, il avait livré maintes batailles à l'aveugle, y compris contre un basilic.

Dépassés par l'époustouflante vitesse des attaques de l'elfe, les Duergars ne pouvaient que riposter tant bien que mal, en espérant que les cimeterres ne perceraient pas leurs défenses.

Les lames chantaient sans relâche ; puis vint l'impact que Drizzt guettait : le bruit mat de l'acier mordant la chair. Une épée tomba à terre, et le nain blessé commit l'erreur fatale de pousser un cri de douleur.

Les instincts du chasseur se concentrèrent sur ce cri : un cimeterre plongea en un éclair sur sa source, transperçant le nain jusqu'au fond de la gorge.

Le chasseur fit volte-face, furieux. Ses lames décrivirent des arabesques dans les ténèbres. Soudain, un estoc trop vif pour qu'on puisse le contrer fit mouche dans une épaule.

— Je me rends, je me rends ! s'écria le nain gris blessé. (Il n'avait aucun désir de subir le même sort que son compagnon.) Je t'en supplie, elfe noir !

Drizzt entendit une épée tomber.

Il maîtrisa ses instincts sanguinaires.

— J'accepte ta reddition, dit-il simplement.

Il bloqua la pointe de son cimeterre contre la poitrine du nain. Ils sortirent ensemble du globe de ténèbres.

Une douleur fulgurante traversa la tête de Jacasseur ; chaque coup déchaînait des ondes de souffrance. Le monstre poussa un grondement animal ; il se releva et fit volte-face.

Fou furieux, ne sentant plus les coups de massue, il lança une griffe gigantesque contre le vide auréolé de pourpre. Il écrasa un crâne invisible. Le nain gris reprit son apparence. Sa concentration lui avait été volée par le plus grand des malfaiteurs : la Mort.

Le survivant voulut fuir, mais c'était compter sans la rage du géant, qui l'envoya valser d'un seul coup de griffe dans les airs. Piaillant comme un oiseau frénétique, il le projeta de toutes ses forces contre une paroi. Le Duergar réapparut, brisé et déchiqueté, au pied du mur, surmonté par une traînée sanglante...

La bataille prenait fin, faute d'adversaires, mais la soif de sang de Jacasseur n'était pas étanchée. Drizzt et le Duergar blessé émergèrent des ténèbres à cet instant.

Quand l'elfe prit conscience des intentions de Jacasseur, il était trop tard.

Le prisonnier eut le temps de pousser un hurlement ; aussitôt après, sa tête arrachée partit en vol plané.

Drizzt hurla à son tour pour protester, puis plongea en un éclair, à l'abri des moulinets dévastateurs du monstre.

Apercevant une nouvelle proie, le monstre ne le poursuivit pas dans le globe ensorcelé. Belwar et le Duergar à la dague étaient trop occupés pour se soucier du géant fou furieux qui arrivait à grands pas. Jacasseur se pencha pour attraper les petits êtres entre ses puissants biceps, et les lancer eux aussi dans les airs. Le Duergar eut la malchance de retomber le premier ; le monstre se mit en devoir de le réduire en bouillie. Belwar allait subir le même sort, quand des cimeterres s'interposèrent.

La parade dévia suffisamment l'attaque pour que Belwar retombe sans être piétiné, même s'il resta quelques secondes sonné, tentant de reprendre ses esprits.

— Jacasseur ! cria l'elfe, à l'instant où un énorme pied se levait pour écraser le gnome.

Drizzt plongea dans les jambes du géant, déjà un peu déséquilibré. Il eut beau jeu de le faire tomber. En un clin d'œil, le guerrier se jucha sur la poitrine poreuse, une pointe métallique passée entre les plis cuirassés du cou.

Il esquiva un direct gauchement lancé ; il haïssait ce qu'il allait devoir faire. A cet instant, le monstre se calma et croisa son regard, une lueur de compréhension dans les yeux.

— Fff... fais-le.

Horrifié, Drizzt chercha du regard le soutien de Belwar. De nouveau sur ses pieds, le gnome détourna la tête.

— Jacasseur ? lui demanda l'elfe. C'est toi ?

Le monstre hésita ; le bec opina lentement.

Drizzt se dégagea d'un bond et regarda le carnage.

— Partons, dit-il simplement.

Jacasseur resta prostré un moment. La bataille finie, les instincts sauvages du monstre s'effaçaient de sa conscience. Ils restaient sous la surface, tapis, il le savait, prêts à resurgir à la moindre occasion. Combien de temps encore le Pech pourrait-il combattre ces funestes penchants ?

Il frappa la roche d'un poing massif. Des éclats de pierre ricochèrent dans la grotte. Avec un grand effort, il se releva. Embarrassé, il sortit sans oser regarder ses compagnons. Chacun de ses pas résonnait comme un glas dans le cœur de Drizzt Do'Urden.

— Tu aurais peut-être dû lui donner le coup de grâce, elfe noir, dit Belwar, venu se ranger au côté de son ami.

— Il m'a sauvé la vie dans la caverne des Illithids. Et c'est un ami loyal.

— Il a essayé de me tuer, puis toi, rappela-t-il, l'air sombre.

— Je suis son ami, gronda Drizzt, agrippant le Svirfneblin par l'épaule. Tu me demandes de le tuer ?

— Je te demande d'agir comme un ami, dit Belwar, avant de se dégager et de suivre Jacasseur.

Drizzt le rattrapa et lui agrippa de nouveau l'épaule pour l'arrêter.

— Les choses ne feront qu'empirer, jeta calmement le gnome à la face de l'elfe. Le maléfice du sorcier devient plus fort chaque jour qui passe. Jacasseur tentera à nouveau de nous tuer, j'en ai peur, et s'il réussit, il mourra en le comprenant, aussi sûrement que si tu le tuais à coup de cimeterre !

— Je ne peux pas le tuer, dit Drizzt, que la colère avait abandonné. Et toi non plus.

— Alors, nous devons le laisser, répondit le gnome. Libre en Ombre-Terre de vivre sa vie de monstre. C'est ce qu'il deviendra, corps et âme.

— Non, dit Drizzt. Il ne faut pas l'abandonner. Nous sommes son seul espoir. Nous devons l'aider.

— Le sorcier est mort, lui rappela Belwar, qui se dégagea.

— Il y en a d'autres, murmura l'elfe dans sa barbe, sans plus tenter d'arrêter le gnome.

Yeux plissés, il remit ses lames au fourreau.

Il sut ce qu'il devait faire. C'était le prix qu'exigeait l'amitié de Jacasseur...

Il y avait d'autres sorciers en Ombre-Terre, mais les rencontres dues au hasard étaient l'exception. Les thaumaturges capables d'annuler un sort polymorphe étaient plus rares encore. Il savait où les trouver.

Ce jour-là, la pensée de devoir retourner dans son pays natal le hanta à chaque pas. Ayant pesé les conséquences de son exil, Drizzt ne voulait plus jamais revoir Menzoberranzan, ne plus jamais poser les yeux sur le monde qui l'avait condamné à tant de souffrances.

Mais s'il choisissait de ne pas rebrousser chemin, il savait qu'il verrait bientôt quelque chose de plus maléfique que la cité des elfes noirs. Il verrait Jacasseur, un ami qui l'avait sauvé d'une mort certaine, dégénérer lentement. Belwar avait suggéré de l'abandonner ; une solution préférable, selon lui, à la bataille que devraient livrer l'elfe et le gnome quand la déchéance de l'infortuné Pech aurait atteint le point de non-retour.

Drizzt savait qu'il serait hanté par cette dégénérescence ; ses pensées iraient toujours à Jacasseur, l'ami abandonné. Ce tourment le hanterait jusqu'à la fin de ses jours. Il s'ajouterait à tous les autres.

Drizzt était incapable d'imaginer quelque chose qu'il aimerait moins que se retrouver à Menzoberranzan. S'il avait eu le choix, il aurait préféré mourir. Mais ce n'était pas si simple. Il y avait plus que ses désirs en jeu. Il avait fondé sa vie entière sur des principes qui exigeaient qu'il place les besoins de Jacasseur au-dessus des siens.

Plus tard, quand ils bivouaquèrent pour goûter un peu de repos, Belwar vit l'elfe plongé dans de pénibles réflexions. Prudemment, il s'approcha de lui ; Jacasseur était occupé à marteler la roche en cadence.

Penchant la tête, Belwar lui demanda, curieux :

— Qu'est ce que tu nous prépares, elfe noir ?

Trop absorbé par les conflits qui agitaient son cerveau enfiévré, Drizzt ne lui rendit pas son regard.

— Mon pays natal se targue de posséder une école de sorcellerie, répondit-il avec une belle fermeté.

Le gardien-piocheur ne comprit pas immédiatement où voulait en venir son noir compagnon, mais le regard de l'elfe, dirigé sur Jacasseur, l'éclaira.

— Menzoberranzan ! s'écria le gnome. Tu retournerais là-bas, en espérant qu'un sorcier drow se prenne de compassion pour notre ami Pech ?

— J'y retournerai parce que c'est l'unique chance de salut pour lui.

— C'est donc qu'il n'a aucune chance ! tonna le gnome. Ne sois pas fou, elfe noir ! Menzoberranzan ne va pas t'accueillir à bras ouverts !

— Ton pessimisme est fondé, dit Drizzt. La pitié n'a aucun droit de cité chez les elfes noirs, j'en conviens. Mais il peut y avoir d'autres possibilités...

— Ta tête est mise à prix, dit Belwar, espérant doucher le délire de son compagnon.

— Par Matrone Malice ! Menzoberranzan est une vaste cité, mon ami, et les loyautés acquises à ma mère ne joueront aucun rôle dans les rencontres que nous nous ménagerons. Je t'assure qu'il n'entre nullement dans mes intentions de me livrer à ses alliés !

— Et que pourrions-nous offrir en échange de ce tour de force ? répliqua Belwar, sarcastique. Que possédons-nous pour éveiller la convoitise d'un sorcier de Menzoberranzan ?

Le sifflement d'un cimeterre fendant l'air, accompagné d'une lueur familière au fond des yeux lavande, fut ponctué par une simple constatation que même l'entêté Belwar ne put réfuter :

— La vie du sorcier.

CHAPITRE XXIII

ONDES

Matrone Baenre inspecta du regard Malice Do'Urden. Elle vit à quel point les épreuves du Zin-carla pesaient sur la Mère Matrone. De profondes rides creusaient son visage naguère lisse ; sa chevelure d'un blanc éclatant, qui avait fait l'envie de sa génération, était négligée pour la première fois en cinq siècles. Le plus frappant était son regard, auparavant radieux et alerte ; à présent las, les yeux enfoncés dans les orbites.

— Zaknafein le tenait presque, expliqua Malice, d'une voix anormalement geignarde. Il le tenait au creux de ses mains, et pourtant, mon fils a encore réussi à lui échapper ! Mais le revenant le talonne à nouveau, ne t'inquiète pas, Matrone Baenre.

Première figure politique de Menzoberranzan, la Matrone décatie de la Maison Baenre était aussi considérée comme le porte-parole de Lloth. Ce qu'elle approuvait, Lloth l'approuvait. A l'inverse, et en toute logique, la réprobation de Matrone Baenre signifiait le désastre imminent pour la famille qui l'encourait.

— Zin-carla requiert de la patience, Matrone Malice, répondit-elle calmement. Ça ne fait pas si longtemps.

Malice se détendit un peu, jusqu'à ce qu'elle jette un coup d'œil à la ronde. Elle détestait la chapelle de la Maison Baenre, si immense, si écrasante. Le palais Do'Urden aurait pu tenir tout entier dans cette pièce gigantesque ; si sa famille et son contingent de soldats avaient été multipliés par dix, ils n'auraient toujours pas rempli les gradins.

Au-dessus de l'autel central, exactement à l'aplomb de Matrone Malice se trouvait, menaçante, une projection d'araignée colossale qui se transformait en belle Drow avant de redevenir arachnéenne. Se trouver sous cette illusion rendait Malice encore plus insignifiante.

Matrone Baenre perçut le malaise de son invitée et tenta de la réconforter.

— Tu as bénéficié d'un don précieux, lui dit-elle avec sincérité. La Reine Araignée n'aurait pas accordé le Zin-carla ni accepté le sacrifice de SiNafay Hun'ett, une Mère Matrone, si elle n'avait pas approuvé tes méthodes et tes intentions.

— Mais c'est une épreuve...

— Une épreuve que tu réussiras ! Et songe à la gloire que tu connaîtras alors, Malice Do'Urden ! Quand le revenant autrefois connu sous le nom de Zaknafein aura rempli sa tâche et que ton fils renégat sera mort, tu siégeras au Conseil. Bien des années s'écouleront, je peux te l'assurer, avant qu'une Maison ose menacer les Do'Urden. La Reine Araignée te dispensera ses faveurs. Elle tiendra ta lignée dans la plus haute estime et te protégera des rivaux.

— Et si le Zin-carla échoue ? Supposons que...

Sa voix mourut devant les yeux écarquillés de

Baenre.

— Ne prononce pas de telles paroles ! Ne songe même pas à cette éventualité ! La peur te fait divaguer, et cela risque de te mener à ta perte. Le Zin-carla est un exercice de volonté pure, et une épreuve de ta dévotion envers la Reine Araignée. Le revenant est une extension de ta foi et de ta force. Si tu hésites, lui aussi hésitera au moment fatidique !

— Je n'hésiterai pas ! tonna Malice. J'assume la responsabilité des actes sacrilèges de mon fils, et avec l'aide et la bénédiction de Lloth, j'infligerai le châtiment approprié à Drizzt !

Matrone Baenre se détendit et hocha la tête en signe d'approbation. Elle devait apporter son soutien à Malice, suivant les ordres de Lloth ; elle connaissait assez le Zin-carla pour savoir que confiance et détermination étaient les clefs du succès. Une Mère Matrone impliquée dans un Zin-carla devait proclamer sa foi en Lloth et son besoin de lui plaire à maintes reprises et en toute sincérité.

Malice avait pour l'heure d'autres soucis, bien mal venus. Elle s'était rendue au palais Baenre de son propre chef, pour y chercher aide et assistance.

— Qu'en est-il de cette autre affaire ? s'impatienta Baenre.

— Je suis vulnérable, expliqua Malice. Le Zin-carla me vole mon énergie et ma concentration. Je crains qu'une Maison profite de l'occasion pour attaquer.

— Aucune Maison n'a jamais attaqué une Mère Matrone livrée aux exigences du Zin-carla. Zin-carla est un don très rare, accordé à de puissantes Matrones, tenues dans les plus grandes faveurs de Lloth. Qui oserait attaquer en de telles circonstances ?

Malice comprit que l'expérience parlait par la bouche de la vieille Drow fripée.

— Mais la Maison Do'Urden est bien différente.

Nous nous relevons à peine des conséquences de la guerre. Même avec l'apport des soldats Hun'ett, nous sommes mutilés. Il est de notoriété publique que je suis encore en disgrâce alors que ma Maison occupe la huitième place dans la hiérarchie. Ce qui me donne accès au Conseil : une position enviable.

— Tes peurs sont déplacées, l'assura Baenre. (Malice s'enfonça dans son siège, frustrée ; Matrone Baenre secoua la tête.) Je vois que les mots ne suffisent pas à te réconforter. Ta concentration doit être vouée au Zin-carla. Comprends une chose, Matrone Malice : tu n'as pas de temps à perdre en billevesées.

— Les soucis demeurent.

— Alors je vais y mettre un terme ! Retourne dans ton clan, accompagnée de deux cents soldats Baenre. Leur nombre assurera votre sécurité. De plus, ils porteront l'uniforme des Baenre. Personne n'osera s'attaquer à de tels alliés.

Un grand sourire ourla les lèvres de Malice, effaçant quelques-unes de ses rides. Elle accepta l'offre de Matrone Baenre, y voyant un signe que Lloth regardait peut-être encore sa lignée d'un bon œil.

— Rentre chez toi et concentre-toi sur ce que tu as à faire, continua Matrone Baenre. Zaknafein doit retrouver Drizzt et le tuer. C'est le marché que tu as conclu avec la Reine Araignée. Mais ne crains pas le dernier échec du revenant ou le temps perdu. Quelques jours, voire quelques semaines ne représentent pas beaucoup aux yeux de Lloth. L'important, c'est le dénouement.

— Vous m'avez préparé une escorte ?

— Elle attend déjà.

Malice descendit de l'autel et traversa les gradins de la colossale chapelle. L'éclairage était faible ; elle distingua à peine, en sortant, une silhouette fugitive qui allait en sens inverse, vers l'autel central. Elle supposa qu'il s'agissait du compagnon illithid de Baenre. Si elle avait su que ce dernier était parti en voyage à l'ouest, elle aurait peut-être prêté davantage attention au mystérieux personnage.

Et son visage se serait creusé dix fois plus.

— Lamentable, commenta Jarlaxle, qui arrivait près de Matrone Baenre. Ce n'est plus la Malice que je connaissais il y a quelques mois.

— Zin-carla n'est pas une mince affaire.

— Le prix en est très élevé, convint le mercenaire. (Il la regarda dans les yeux, y lisant déjà la réponse.) Va-t-elle échouer ?

Matrone Baenre s'esclaffa ; un rire qui faisait penser à un couinement.

— Même la Reine Araignée en serait réduite aux pronostics. Mes... nos soldats devraient suffisamment réconforter Malice pour qu'elle mène sa tâche à bien. Du moins, je l'espère. Elle fut dans les plus hautes faveurs de Lloth. Qu'elle siège au Conseil a été demandé par la Reine Araignée elle-même.

— Les événements semblent mener à la réalisation de ses désirs, railla Jarlaxle au souvenir de la bataille où les Maisons Do'Urden et Hun'ett s'étaient affrontées, et dans lequel Bregan D'aerthe avait joué un rôle primordial.

— La fortune sourit aux audacieux, observa Matrone Baenre.

Le sourire de Jarlaxle s'effaça.

— Et Malice, je veux dire Matrone Malice, se hâta-t-il de corriger, est-elle maintenant en faveur auprès de la Reine Araignée ? La fortune sourira-t-elle à la Maison Do'Urden ?

— Le don du Zin-carla a rendu caduques les notions de grâce et de disgrâce... Sa gloire ou sa chute ne dépendent plus que d'elle et de son revenant.

— Ou de son rejeton, l'infâme Drizzt Do'Urden, acheva Jarlaxle. Ce jeune guerrier est-il puissant à ce point ? Pourquoi Lloth ne l'a-t-elle pas tout simplement écrasé ?

— Il a renié la Reine Araignée, du fond du cœur. Lloth n'a pas prise sur lui ; elle a décidé qu'il serait le problème de Matrone Malice.

— Un problème d'importance, à ce que je vois ! s'esclaffa Jarlaxle, hochant sa tête rasée et luisante.

Il remarqua que Baenre ne partageait pas son allégresse.

— En effet, répondit-elle, l'air sombre.

Matrone Baenre connaissait mieux que personne les dangers et les profits éventuels du Zin-carla. Elle avait à deux reprises sollicité cette faveur. Chaque fois, elle avait mené sa mission à terme. Avec la grandeur sans rivale de la Maison Baenre, elle pouvait difficilement oublier les avantages qui découlaient de la réussite du Zin-carla. Mais chaque fois qu'elle croisait son reflet flétri dans un miroir, elle se souvenait du prix à payer.

Jarlaxle ne fit pas intrusion dans la méditation de la Mère Matrone. Lui aussi avait ses préoccupations. En ces temps de troubles, un opportuniste comme lui n'avait que des occasions à saisir. Selon lui, Bregan D'aerthe pouvait tirer profit de l'octroi du Zin-carla à Malice. Si elle réussissait et renforçait sa position, il disposerait d'un allié supplémentaire dans la cité. Si le revenant échouait, au grand malheur de la Maison Do'Urden, la récompense pour la capture du jeune Drizzt et sa mise à mort grimperait assez pour éveiller la convoitise d'une bande de mercenaires.

*
* *

Comme à l'aller, Matrone Malice imagina des

regards ambitieux dardés sur elle tout au long des rues de Menzoberranzan. Matrone Baenre s'était montrée généreuse et gracieuse. Si Lloth s'exprimait vraiment par sa bouche, Malice avait de quoi sourire.

Et pourtant ses craintes ne la quittaient pas.

Avec quel empressement Baenre volerait à son secours si Drizzt continuait d'échapper à sa main vengeresse ? Si le Zin-carla s'avérait un échec, sa position au Conseil serait alors des plus précaires, tout comme la survie de son clan.

Le cortège passa devant la Maison Fey-Branche, neuvième clan de la ville, probablement la menace la plus sérieuse pour une Maison Do'Urden affaiblie. Sans nul doute, Matrone Halavin Fey-Branche regardait la procession derrière ses portails d'adamantite.

Du haut de son disque flottant magique, Malice laissa errer son regard sur Dinin et les dix soldats Do'Urden, puis sur les deux cents autres qui arboraient fièrement l'emblème de la Maison Baenre.

Que devait penser Matrone Halavin Fey-Branche d'un tel spectacle ? Malice ne retint pas son sourire.

— Nos plus grandes gloires sont encore à venir, affirma-t-elle à son fils.

Dinin hocha la tête et lui renvoya son sourire, choisissant avec sagesse de ne pas gâter l'humeur d'une mère au caractère explosif.

A part lui, Dinin se sentait plutôt mal à l'aise. Bon nombre de ces soldats Baenre, qu'il n'avait encore jamais eu loisir de rencontrer, lui paraissaient vaguement familiers. L'un d'eux lui avait même adressé un clin d'œil.

Dinin se souvint du sifflet - le sifflet magique de Jarlaxle du haut de la balustrade de la Maison Do'Urden.

CHAPITRE XXIV

FOI

Drizzt et Belwar distinguèrent devant eux une lueur verte ; ils n'avaient pas oublié ce qu'elle voulait dire. Ils pressèrent le pas pour rattraper Jacasseur et l'avertir. Le monstre avait accéléré l'allure, piqué par la curiosité. Il marchait toujours le premier ; leur ami était devenu trop dangereux pour qu'ils le laissent à l'arrière.

Jacasseur se tourna brusquement, leva une griffe menaçante et gronda.

— Pech, murmura Belwar, cherchant à réveiller son ancienne personnalité.

Ils se dirigeaient vers Menzoberranzan. Belwar avait fini par céder à la détermination de son ami ; ils avaient mis le cap sur la cité des elfes noirs à vive allure, redoutant de ne pas y parvenir à temps. La métamorphose du Pech s'était accélérée depuis la confrontation avec les Duergars. Jacasseur n'articulait plus qu'avec peine ; il menaçait souvent ses amis.

— Pech, répéta Belwar, tandis que Drizzt et lui se

rapprochaient avec précautions.

Désorienté, leur ami hésita.

— Pech ! gronda une troisième fois Belwar.

Il frappa la paroi de sa main-marteau.

Jacasseur se détendit un peu, ses bras retombant le long de ses flancs.

Jetant un coup d'œil vers les lueurs verdâtres, au-delà du géant, le gnome et l'elfe échangèrent des regards inquiets. Ils s'étaient totalement impliqués et n'avaient plus guère d'options.

— Les corbics vivent là, commença doucement Drizzt, articulant chaque syllabe. Il faut traverser vite si nous voulons éviter une bataille. Attention où tu marches. Les passages sont étroits et traîtres.

— Jac...ccc..., bafouilla la créature.

— Jacasseur, l'aida Belwar.

— J... jjj...

Il abandonna et désigna les lueurs vertes d'une griffe.

— Jacasseur conduit ? dit Drizzt, ému par ses pathétiques efforts. Jacasseur conduit, répéta-t-il devant les vigoureux hochements de tête.

Belwar ne parut pas convaincu.

— On a déjà combattu les hommes-oiseaux ; on connaît leurs astuces. Jacasseur, non.

— Sa masse devrait suffire à les tenir en respect, argumenta Drizzt. Sa seule présence peut nous éviter des ennuis.

— Pas contre les corbics, elfe noir, répondit le gardien-piocheur. Ils attaquent tout ce qui bouge, sans distinction. Tu as été témoin de leur frénésie, de leur indifférence à verser leur sang. Même ta panthère ne les a pas retenus.

— Tu as sans doute raison, convint Drizzt. Mais s'ils attaquent, quelles armes ont-ils pour percer l'armure d'un monstre aux doigts crochus ? Quelle défense ont-ils contre les griffes de Jacasseur ? Notre géant les balaiera d'un revers de la main !

— Tu oublies les ennemis postés en hauteur, lui rappela finement le gardien-piocheur. Ils auront vite fait de jeter sur lui de gros blocs de pierre !

Jacasseur se détourna, et fixa la paroi dans l'espoir futile de retrouver quelque chose de son ancienne personnalité. Son penchant à marteler la pierre n'oblitérait pas son envie continuelle de lacérer le visage du gnome ou du Drow.

— Je m'occuperai des corbics postés en hauteur, répondit Drizzt. Toi, tu suis Jacasseur, à douze pas derrière.

Belwar remarqua la tension croissante de la pauvre créature. Il comprit qu'ils ne pouvaient plus tergiverser ; il invita le géant à se mettre en route le premier, suivi à bonne distance par ses compagnons.

— La panthère ? murmura Belwar à Drizzt, au détour d'un corridor.

L'elfe secoua fermement la tête ; se souvenant du douloureux épisode avec les corbics, le Svirfneblin ne posa pas d'autres questions.

Drizzt tapota l'épaule du gnome des profondeurs pour se porter chance, et dépassa Jacasseur pour pénétrer le premier dans la grotte. Là, le Drow prit son élan et se mit à léviter silencieusement. Etonné par l'endroit, et par le lac d'acide bouillonnant sous leurs pieds, Jacasseur remarqua à peine ce que faisait l'elfe. Le monstre se tint parfaitement immobile, l'ouïe en alerte pour détecter toute présence ennemie.

— Bouge, murmura Belwar derrière lui. L'attente peut être désastreuse !

D'un pas hésitant, puis plus assuré, le géant s'engagea sur les étroites corniches ; il essayait de suivre le tracé le plus direct possible dans ces entrelacs de vestiges rocheux.

— Vois-tu quelque chose, elfe noir ? demanda

Belwar.

Jacasseur était parvenu à mi-parcours sans incident notable ; le gardien-piocheur sentait l'anxiété croître en lui. Pas un seul corbic en vue ; aucun bruit, mis à part le sourd martèlement des pieds du géant, et le raclement de ses propres bottes.

Drizzt redescendit vers la corniche, loin derrière ses compagnons.

— Rien, dit-il.

Le Drow partageait le sentiment du gnome des profondeurs ; il n'y avait aucun homme-oiseau. Le silence de la caverne au lac d'acide était absolu, angoissant. Drizzt reprit de la hauteur. Il cherchait un meilleur angle de vue.

— Que vois-tu ? demanda de nouveau Belwar un instant plus tard.

— Rien du tout, répondit l'elfe, haussant les épaules.

— *Magga cammara*, grommela le gnome, se surprenant presque à souhaiter l'apparition d'un corbic.

Jacasseur allait atteindre la sortie ; Belwar était resté un peu en arrière, plus près du centre de la caverne. Le monstre disparut sous l'arche de la sortie.

— Rien ? cria le Svirfneblin à ses deux compagnons.

Drizzt secoua la tête et reprit encore de la hauteur. Il effectua un lent mouvement de rotation, scrutant les parois, incapable de croire que les lieux étaient *réellement* déserts.

— On a dû les chasser, marmonna Belwar, sans conviction.

Quand Drizzt et lui s'étaient enfuis, deux ou trois semaines plus tôt, ils avaient laissé derrière eux des dizaines de corbics morts. Mais cet intrépide clan n'avait pu s'effrayer à ce point de quelques pertes !

Pour une raison inconnue, aucun corbic ne se

dressait contre eux.

Belwar se remit en route à vive allure. Il estimait plus sage de ne pas s'attarder en ces lieux où la chance les favorisait. Il était sur le point de héler à nouveau Jacasseur, quand un hurlement à glacer les sangs déchira les airs, vite suivi d'un sinistre craquement. L'instant suivant, Belwar et Drizzt avaient sous les yeux la clef du mystère.

Le revenant Zaknafein Do'Urden se détachait sous l'arche.

— Elfe noir ! s'exclama le gardien-piocheur.

Drizzt redescendit le plus vite possible vers le centre de la grotte.

— Jacasseur ! cria Belwar, sans obtenir de réponse. Espèce de monstre assassin ! (Il se campa sur ses petites jambes.) Viens ici recevoir ce que tu mérites !

Il entonna le chant qui ensorcelait ses mains métalliques.

— Non ! s'écria le Drow, au-dessus de lui. Zaknafein est là pour moi, pas pour toi ! Ôte-toi de son passage !

— Etait-il là pour Jacasseur ? cria le gnome. Un monstrueux animal, voilà ce qu'il est, et j'ai un compte à régler avec lui !

— Tu n'en sais *rien* !

Drizzt continua de descendre aussi vite qu'il l'osait pour intercepter le gardien-piocheur. Il savait que Zaknafein s'en prendrait d'abord au Svirfneblin, et il n'avait aucune peine à en imaginer les sinistres conséquences.

— Je t'en supplie, fais-moi confiance, implora-t-il. Ce guerrier drow est trop fort pour toi.

Belwar fit de nouveau claquer ses mains ; en toute honnêteté, il savait que Drizzt avait raison. Il avait vu le zombi se battre dans la caverne des Illithids : l'incroyable vitesse de ses mouvements lui avait coupé le souffle... Il recula de quelques pas, et s'engagea sur une corniche latérale, cherchant des yeux un chemin pour atteindre l'autre côté et voir ce qu'il était advenu de Jacasseur.

Drizzt offert à sa vue, le revenant ne prêta plus attention au Svirfneblin. Il chargea celui à qui il devait son existence infernale, et qu'il devait tuer.

Belwar caressa l'idée de poursuivre l'étrange Drow, pour le prendre à revers et prêter main-forte à Drizzt ; au-delà de l'arche s'éleva un cri d'agonie si pitoyable que le gnome fut incapable de passer outre. Il resta indécis, sur une des principales corniches, déchiré entre deux amitiés.

— Va-t'en, lui cria Drizzt. Va auprès de Jacasseur ! C'est mon père, Zaknafein.

Drizzt remarqua l'hésitation du revenant à ce mot

— Ton père ? *Magga cammara*, elfe noir ! protesta Belwar. Dans la caverne des Illithids...

— Tout ira bien, coupa Drizzt.

Belwar n'en crut pas un mot. Malgré sa fierté obstinée, il admettait que le duel qui allait s'engager dépassait ses possibilités. Il serait de bien peu d'aide contre le guerrier drow ; sa présence pourrait même nuire à la concentration nécessaire à Drizzt. Ce dernier aurait assez à faire sans devoir défendre son ami.

Belwar claqua ses mains de mithril avec un soupir de frustration et se rua vers l'arche, vers les plaintes incessantes de Jacasseur.

*
* *

Matrone Malice écarquilla les yeux et poussa un cri si fort que ses filles réunies autour du trône surent immédiatement que le revenant avait trouvé Drizzt. Briza observa du coin de l'œil les jeunes prêtresses Do'Urden avant de les renvoyer. Maya obéit sur-le-champ ; Vierna hésita.

— Va, gronda Briza, une main posée sur son fouet reptilien. *Maintenant* !

Vierna chercha du regard le soutien de la Mère Matrone, mais cette dernière était plongée dans la vision d'événements lointains. L'heure du triomphe avait sonné, pour le Zin-carla et pour Matrone Malice Do'Urden. Elle ne se laisserait pas distraire par les chamailleries de ses inférieurs.

Une fois seule avec sa mère, Briza fixa aussi attentivement Malice que cette dernière « regardait » Zaknafein.

*
* *

Aussitôt qu'il mit un pied dans la petite caverne, au-delà de l'arche, Belwar sut que Jacasseur était mort, ou n'allait pas tarder à mourir. Il gisait, saignant d'une plaie unique, mais cruellement précise, à la nuque. Le premier mouvement du gnome fut de se détourner ; mais il fallait apporter un peu de réconfort à son ami terrassé. C'était le moins qu'il lui devait. Il tomba sur un genou, et s'obligea à ne plus tourner les yeux. Jacasseur était en proie à de violentes convulsions.

La mort l'emporta.

Le sortilège s'effaça. Peu à peu, Jacasseur retrouva sa forme originale. Les bras massifs, terminés par des pinces, tremblèrent, sursautèrent, se tordirent et devinrent les bras grêles d'un Pech au teint jaunâtre. Des cheveux surgirent des craquelures de la peau poreuse de son crâne ; le grand bec se fendilla, puis disparut tout à fait. La poitrine imposante s'estompa. Le corps entier rétrécit avec des bruits à glacer les sangs.

Le monstre n'existait plus ; dans la mort, Jacasseur redevint ce qu'il était. Un peu plus grand que le gnome, le Pech n'était pas aussi compact. Il avait un visage massif assez étrange, aux yeux dépourvus de pupilles et au nez épaté.

— Quel était ton vrai nom, mon ami ? murmura le gardien-piocheur.

Jamais il ne le saurait.

Il se pencha et prit la tête du Pech dans ses mains. Il trouva un peu de réconfort en voyant l'expression apaisée qui était finalement descendue sur le visage de la créature.

*
* *

— Qui es-tu pour prendre l'apparence de mon père ? s'indigna Drizzt, tandis que le revenant couvrait les derniers mètres qui les séparaient.

Ses grognements étaient indéchiffrable ; le sifflement de la lame dans les airs, lui, ne l'était pas.

Drizzt esquiva puis recula.

— Qui es-tu ? répéta-t-il. Tu n'es pas mon père !

Un grand sourire fendit le visage du monstre.

— Non, répondit le zombi d'une voix mal assurée, écho d'une lointaine chapelle. Je suis... *ta mère* !

Les lames fendirent de nouveau l'air.

Dérouté, Drizzt répliqua ave une égale férocité ; on n'entendit plus que le chant mortel des épées contre les cimeterres.

*
* *

Briza suivait les mouvements de sa mère. La sueur ruisselait du front de la Matrone en transe ; ses poings crispés martelaient si fort les accoudoirs de son trône que la peau éclata. Malice avait espéré que les choses se passeraient ainsi, l'instant final de son triomphe épanouissant son visage. Elle entendait les paroles de son fils, percevait sa détresse. Son extase atteignait des sommets inégalés !

Mais elle sentit une infime perturbation ; la conscience de Zaknafein tentait de combattre sa démoniaque emprise. Elle la repoussa avec un grognement féroce ; le corps du maître d'armes était l'instrument de sa vengeance.

Briza nota le grondement de sa mère avec un intérêt particulièr.

*
* *

Drizzt comprit que ce n'était pas Zaknafein Do'Urden qui se tenait devant lui ; c'était pourtant son style d'escrime. Son ancien mentor était *là - quelque part*... Il devrait parvenir à le réveiller, s'il voulait obtenir des réponses.

Le duel devint une incroyable danse ; les deux adversaires se risquaient à de prudentes estocades, sans jamais perdre de vue l'étroitesse de la corniche où ils croisaient le fer.

Belwar réapparut, portant dans ses bras la pauvre dépouille de Jacasseur.

— Tue-le, Drizzt ! s'écria-t-il. *Magga...*

Sa voix mourut ; le combat qui se déroulait sous ses yeux l'effraya. Drizzt et Zaknafein semblaient ne plus faire qu'un, tant ils se battaient en parfaite harmonie, véritables danseurs étoiles d'un éblouissant ballet de mort. Leurs armes dessinaient dans les airs des arcs, des moulinets et des plongées ; les lames se croisaient en d'époustouflantes arabesques. *Oui, ils ne faisaient qu'un*, alors que le gnome les aurait donnés pour totalement différents...

Belwar sentit un malaise l'envahir.

A la première pause, Drizzt risqua un coup d'œil vers le Svirfneblin ; son regard se riva sur leur ami assassiné.

— Maudit ! cracha-t-il.

Il se rua derechef, garde haute, avant de plonger ses lames vers l'horreur qui avait été son père.

Le revenant n'eut aucune peine à parer cet assaut d'une folle témérité, obligeant Drizzt à reculer. Cette parade était familière au jeune elfe : une figure que Zaknafein avait utilisée contre lui tant de fois au cours de leurs entraînements à Menzoberranzan ! Zak l'obligeait à relever sa garde, avant de plonger des deux épées. Dans leurs premiers duels, il l'avait souvent défait grâce à cette tactique. Lors de leur dernière rencontre, Drizzt avait trouvé la parade, et retourné l'astuce contre l'agresseur.

Il se demanda si son adversaire allait exécuter les mêmes mouvements, et s'il riposterait de la même manière. Les souvenirs de Zak habitaient-ils encore cet esprit bestial ?

Le revenant continuait à le contraindre à se battre, armes hautes. Il recula d'un pas et chargea au-dessous de sa garde, épées croisées.

Drizzt baissa ses cimeterres en « X », la parade appropriée. Puis, à travers les gardes des lames, le jeune elfe lança un coup de pied au visage adverse.

Le revenant avait prévu le coup ; il se mit hors de

portée au dernier instant. Drizzt frissonna de dégoût. *Seul Zaknafein Do'Urden aurait pu réagir de la sorte* !

— Tu *es* Zaknafein ! s'écria-t-il. Que t'a donc fait Malice ?

Les mains du revenant se mirent à trembler ; sa bouche se tordit comme s'il tentait d'articuler quelque chose.

*
* *

— Non ! hurla Malice.

Elle lutta pour conserver le contrôle du Zin-carla, qui vacillait dangereusement sur la dangereuse frontière séparant les capacités physiques de Zaknafein de l'être qu'il avait autrefois été.

— Tu es *mien*, revenant ! tonna-t-elle, et par la volonté de Lloth, tu vas remplir ta mission !

*
* *

Drizzt vit le changement d'attitude du meurtrier qu'il affrontait. Ses mains ne tremblèrent plus, sa bouche redevint une ligne implacable.

— Qu'y a-t-il, elfe noir ? cria Belwar, dérouté par la scène.

Drizzt remarqua que Belwar avait déposé la dépouille et qu'il se rapprochait. Quand ses mains se heurtaient, des étincelles en jaillissaient.

— Reste en arrière, lui lança-t-il.

La présence d'un ennemi inconnu risquait de compromettre la tactique qu'il était en train de mettre au point.

— C'est Zaknafein, expliqua-t-il, du moins en partie. (Il ajouta d'une voix trop basse pour être audible :) Et je crois savoir comment l'atteindre.

L'elfe lança une série d'estocades qu'il savait Zaknafein parfaitement capable de dévier. Il ne cherchait pas à vaincre son antagoniste, mais à réveiller des souvenirs de leurs passes d'armes.

Il engagea une série typique d'estocs, sans cesser de parler, comme le maître d'armes et lui avaient l'habitude de le faire à Menzoberranzan. La créature revenue du Monde des Morts à la demande de Matrone Malice ne pouvait être touchée par la familiarité du jeune elfe. Le revenant répondit aux paroles amicales par de sauvages grondements. Si Drizzt imaginait qu'il allait endormir son ennemi en évoquant des souvenirs heureux, il commettait une tragique erreur !

Les lames fendirent les airs en tous sens, cherchant à percer la défense de Drizzt. Les cimeterres exécutaient une danse tout aussi rapide et paraient chaque envoi, déviaient chaque plongée.

Une lame passa au travers des moulinets de Drizzt et fit mouche dans ses côtes. Sa cotte de mailles émoussa la pointe, mais le coup laisserait une profonde meurtrissure. Déstabilisé, Drizzt comprit que la partie n'était pas encore jouée.

— Tu es mon père ! hurla-t-il au monstre. Matrone Malice est ton ennemie, pas moi !

Le revenant accueillit cette déclaration d'un rire démoniaque. Il attaqua de plus belle. Dès les premiers instants, Drizzt avait redouté d'en arriver là ; il tenta de se rappeler que ce n'était pas vraiment son père qui se tenait devant lui.

L'offensive acharnée de Zaknafein laissait inévitablement des ouvertures, et Drizzt ne les manqua pas. Une lame déchira le ventre du zombi, une autre lacéra profondément son cou.

Zaknafein éclata de rire et remonta à l'assaut.

Drizzt se défendit, en proie à la panique, sa confiance entamée. Zaknafein était son égal, et aucune blessure ne semblait le ralentir !

Le temps jouait contre le jeune elfe. Sans savoir exactement ce qu'il affrontait, il commençait à soupçonner que la chose était infatigable.

Drizzt fit appel à tout son talent, toute sa vitesse. Le désespoir lui fit atteindre des sommets inégalés dans l'art de l'escrime. Belwar, qui avait fait mine d'engager le combat, s'arrêta, stupéfait par le spectacle.

Drizzt frappa encore Zak à plusieurs reprises, sans que le revenant paraisse y prendre garde ; quand le jeune elfe accéléra le tempo, l'autre en fit autant. L'exilé avait du mal à croire que ce n'était pas Zaknafein qu'il avait devant lui ; les mouvements de son père lui étaient douloureusement familiers. Aucune autre âme au monde n'aurait pu mouvoir ce corps drow à la musculature parfaite avec une telle rigueur et un tel brio.

Drizzt reculait ; il cédait du terrain, prêt à saisir la première occasion. Il se disait sans cesse qu'il ne combattait pas Zaknafein, mais quelque monstre sorti de l'imagination perverse de Matrone Malice, pour le détruire. Il devait rester sur ses gardes ; sa seule chance de survivre était de faire basculer son ennemi dans l'acide qui bouillonnait sous leurs pieds. Contre un style aussi éblouissant, ses chances paraissaient bien mince.

La corniche s'incurvait légèrement par endroits ; Drizzt la tâta du pied, reculant à pas prudents. Une pierre roula soudain sous lui. Il vacilla.

Il trébucha ; sa jambe plongea dans le vide jusqu'au genou. Zaknafein fondit sur lui. Les épées le plaquèrent dos à terre, la tête suspendue au-dessus du lac d'acide.

— Drizzt ! hurla Belwar, affolé par son impuissance. Drizzt !

Il se précipita, même s'il n'avait pas le moindre espoir d'arriver à temps.

Ce fut peut-être à cause de cet appel désespéré, ou de l'instant fatidique, mais l'ancienne conscience de Zaknafein réapparut, lueur vacillante... Le bras armé, prêt à plonger, hésita.

Drizzt ne perdit pas de temps en interrogations inutiles. Il écarta les lames d'un revers de cimeterre ; de l'autre, il frappa le menton de Zak.

Le jeune elfe se releva, haletant.

Hébété, frustré, il se mit à hurler :

— Zaknafein !

— Driz...

Mais la volonté de Malice reprit le dessus ; le revenant avança, épées pointées.

Drizzt para l'attaque. Il percevait la présence de son père ; il savait que le véritable Zaknafein était tapi, pas très loin de la surface. Il luttait contre la volonté haineuse qui le possédait. Mais comment libérer cet esprit torturé ? Drizzt ne pourrait plus se défendre très longtemps.

— C'est toi, murmura-t-il. Personne d'autre n'est capable de se battre ainsi. Zaknafein est là, et Zaknafein est incapable de me tuer.

Une idée lui traversa l'esprit ; il devait risquer le tout pour le tout...

Ses principes allaient de nouveau subir l'épreuve du feu.

Il remit ses cimeterres au fourreau.

Le revenant grogna ; ses lames fendirent les airs.

Mais il n'approcha pas.

*
* *

— *Tue-le* ! grinça Malice, qui croyait déjà tenir sa victoire.

Soudain, l'image du combat se brouilla. Elle avait accordé trop de liberté à sa créature quand Drizzt avait accéléré le rythme. L'ancien maître d'armes avait repris le contrôle...

— *Zak, sois maudit jusque dans la mort* !

Elle sentit un désastre imminent planer au-dessus de sa tête. Elle jeta un coup d'œil à sa fille aînée trop curieuse, puis replongea dans sa transe, décidée à reprendre le contrôle de sa marionnette.

*
* *

— Drizzt, murmura Zaknafein, comme s'il savourait ce nom.

Zak remit ses épées au fourreau, même si ses mains devaient résister aux ordres de Malice.

Drizzt avança. Il voulait étreindre son père, son plus cher ami. Mais Zaknafein le tint à distance d'un geste de la main.

— Non, petit. J'ignore combien de temps je pourrai résister. Ce corps lui appartient, j'en ai peur.

— Alors tu... ?

— Je suis mort. En paix, sois rassuré. Malice m'a ramené pour servir ses vils intérêts.

— Mais tu l'as vaincue, dit Drizzt. Nous sommes de nouveau réunis.

— Un répit, rien de plus. (Comme pour illustrer son propos, sa main se porta involontairement sur la garde de sa lame. Grimaçant, il gronda, opposant une opiniâtre résistance à l'emprise de la Matrone ; ses doigts se détachèrent lentement du métal.) Elle revient, mon fils. Elle revient toujours !

— Je ne supporterais pas de te perdre à nouveau, gémit Drizzt. Quand je t'ai aperçu dans la caverne des Illithids...

— Ce n'est pas moi que tu as vu, essaya d'expliquer Zak. C'est le zombi de Malice. Je n'existe plus, mon fils. Depuis de nombreuses années.

— Tu es là, objecta le jeune elfe.

— Par la volonté de Malice, pas... la mienne. (Il émit de nouveaux grondements, luttant farouchement pour combattre Malice encore un instant. Il étudia le guerrier qu'était devenu son fils.) Tu te bats bien. Mieux que je ne l'aurais cru. Cela est bon, et il est bon que tu aies eu le courage de fuir Menzoberranzan... (Le visage du maître d'armes se crispa. Cette fois, ses deux mains se portèrent sur ses épées ; il les tira du fourreau.)

— Non ! implora Drizzt, ses yeux lavande voilés par les larmes. Lutte !

— Je... ne peux pas, répondit le revenant. Fuis cet endroit, Drizzt. Fuis jusqu'aux... confins de ce monde ! Malice ne pardonnera jamais. Elle... n'aura aucune cesse tant que...

Le revenant bondit ; Drizzt fut contraint de sortir ses armes. Mais Zaknafein s'arrêta net.

— *Pour Nous* ! lança-t-il avec une clarté cristalline.

Cet ultime appel sonna comme les trompettes de la victoire dans la grotte baignée de feux verdâtres. Il porta à des kilomètres de distance, et pénétra dans le cœur de Matrone Malice, comme un roulement de tambour annonçant la défaite et la mort. Zaknafein s'était une ultime fois arraché à son emprise. Cela lui avait suffit pour se jeter dans le vide.

CHAPITRE XXV

CONSÉQUENCES

Matrone Malice ne put même pas hurler. Des explosions en chaîne lui déchirèrent le cerveau, pendant que Zaknafein tombait dans l'acide...

La prémonition d'une nuée de désastres imminents fondit sur elle. Elle bondit de son trône de pierre, ses mains déchirant les airs comme si elles cherchaient à agripper quelque chose. Quelque chose qui n'était pas là...

Sa respiration haletante se ponctua de grondements inarticulés. Après un instant, sans réussir à se calmer, Malice entendit un bruit... plus distinct que le vacarme de ses propres convulsions. Derrière elle s'éleva le sifflement caractéristique des têtes de serpents miniatures, lanières vivantes du fouet d'une grande prêtresse.

Elle fit volte-face : Briza se tenait devant elle, l'air sombre, déterminé, brandissant les six têtes reptiliennes dans les airs.

— J'avais espéré que mon heure ne viendrait pas avant de nombreuses années, dit-elle calmement.

Mais tu es affaiblie, Malice, trop affaiblie pour tenir les rênes de la Maison Do'Urden face aux épreuves qui suivront notre... ton échec.

Malice aurait voulu éclater de rire devant la stupidité de sa fille aînée ; les fouets à têtes de serpent étaient des dons de la Reine Araignée qui ne pouvaient s'utiliser contre les Matrones. Pour une raison inconnue, elle ne trouva ni le courage ni la conviction de contredire sa fille. Fascinée, elle regarda Briza armer lentement son bras, puis lancer le coup.

Les six têtes de reptile fondirent sur Malice. C'était impossible ! C'était contre tous les principes de la doctrine de Lloth ! Les têtes dardèrent leurs crocs et mordirent Malice, portées par toute la furie de la Reine Araignée. Une atroce douleur lui traversa le corps, lui déchiqueta les nerfs, ne laissant derrière elle qu'une glaciale anesthésie.

Malice vacilla, au bord de l'inconscience. Elle tenta encore d'affronter sa fille, pour lui démontrer la futilité de son entêtement.

Le fouet-serpents s'abattit de nouveau ; le sol monta à toute allure pour engloutir Malice. Elle entendit Briza marmonner quelque chose, une malédiction ou un chant adressé à la Reine Araignée.

Le fouet claqua une troisième fois ; Malice n'entendit plus rien. Elle était morte avant que s'abatte le quatrième coup. Mais Briza s'acharna sur son corps inerte, défoulant sa hargne pour convaincre la déesse Lloth que la Maison Do'Urden avait renié sa Mère Matrone.

Sans se faire annoncer, Dinin surgit. Briza était confortablement installée sur le trône de pierre. Le fils aîné jeta un œil sur la dépouille déchiquetée de sa mère, secouant la tête en signe d'incrédulité ; puis un sourire mauvais se dessina sur ses lèvres.

— Qu'as-tu fait, sœu... Matrone Brizza, corrigea-t-il trop vivement pour que Briza relève l'incartade.

— Le Zin-carla a échoué. Lloth ne l'a plus acceptée parmi ses servantes.

Le rire de Dinin, un ricanement plus qu'un vrai rire, piqua la nouvelle Matrone au vif. Yeux plissés, elle baissa ostensiblement la main vers la garde de son fouet.

— Tu as choisi l'instant parfait pour accéder au trône, expliqua calmement le fils aîné. Nous sommes assiégés.

— Fey-Branche ? s'écria Briza.

Cinq minutes de règne sur la Maison Do'Urden, et elle était déjà confrontée à sa première crise ! Elle ferait ses preuves devant la Reine Araignée et rachèterait tout le mal qu'avaient occasionné les échecs successifs de Matrone Malice.

— Non, sœur, rectifia-t-il aussitôt, jetant bas le masque du protocole. *Pas la Maison Fey-Branche...*

La réponse de son frère la fit se rasseoir sur son trône, et mua son sourire fébrile en une grimace d'appréhension pure.

— Baenre.

Dinin hocha la tête. Il ne souriait plus.

*
* *

Vierna et Maya contemplaient la scène du balcon ; les forces ennemies se rapprochaient de leurs portails d'adamantite. Les sœurs ignoraient l'identité de cet ennemi, mais elles comprirent, au nombre, qu'il s'agissait d'un clan important. La Maison Do'Urden pouvait encore compter sur deux cent cinquante soldats, dont beaucoup avaient suivi l'enseignement de Zaknafein. Avec les deux cents recrues supplémentaires de la Maison Baenre, mieux équipées, Vierna et Maya estimèrent que leurs chances de l'emporter étaient plutôt bonnes. Elles mirent rapidement au point leur plan de défense ; Maya enjamba le balcon pour, rejoindre en lévitant, les troupes et exposer son plan au capitaine.

Mais quand Vierna et elle réalisèrent brutalement que deux cents ennemis occupaient déjà le palais - les soldats « prêtés » par Matrone Baenre -, leur stratégie s'écroula comme un château de cartes.

Maya était encore à cheval sur la balustrade quand les premiers guerriers Baenre surgirent. Vierna saisit son fouet en hurlant à sa sœur de faire de même. Mais Maya ne bougeait plus. En regardant de plus près, Vierna aperçut plusieurs petits dards fichés dans son corps.

Son propre fouet à têtes de serpent se tourna alors contre elle, lacérant son visage fin et délicat. Vierna comprit que Lloth avait décidé la chute de la Maison Do'Urden.

— Le Zin-carla..., gémit-elle

C'était la raison de ce désastre.

Le sang brouilla sa vision ; le vertige l'engloutit tout entière, les ténèbres se refermèrent sur elle.

*
* *

— C'est impossible ! s'écria Briza. La Maison Baenre attaque ? Lloth ne m'a pas donné...

— Nous avons eu notre chance ! vociféra Dinin. Zaknafein était notre espoir ! (Il baissa la tête sur le corps de sa mère :) Mais il a échoué, à ce que je vois.

Briza, furieuse, lui décocha un coup de fouet. Dinin, qui s'y attendait (il la connaissait tellement bien), sauta hors de portée de l'arme. Briza s'avança.

— Ta colère n'a pas besoin de moi pour se défouler, lui dit-il. Va au balcon, chère sœur, et tu trouveras un millier d'ennemis !

Briza poussa un cri de rage, se détourna et sortit en trombe. Elle espérait encore limiter les dégâts.

Dinin ne la suivit pas. Penché sur le cadavre, il fixa une dernière fois les yeux du tyran qui avait régi son existence. Matrone Malice avait été une femme puissante, sûre d'elle et totalement malveillante. Mais son règne s'était avéré bien fragile. La révolte d'un sale gosse avait suffi à le miner...

Dinin entendit du bruit dans le corridor ; la porte s'ouvrit. Le fils aîné n'eut pas besoin de tourner la tête pour savoir que des ennemis avaient fait irruption dans la salle. Il contemplait le visage de Malice dans la mort ; bientôt, il la rejoindrait.

Le coup fatal tarda à venir. Dinin trouva le courage de se retourner et d'affronter la mort.

Confortablement installé, Jarlaxle trônait à la place de Malice.

— Tu n'es pas surpris ? s'enquit le mercenaire.

— Bregan D'aerthe fait partie des troupes Baenre, je m'en doutais un peu, souffla-t-il simplement.

Le fils aîné regarda autour de lui, observant du coin de l'œil la douzaine de soldats entrés à la suite de Jarlaxle. Pouvait-il sauter à la gorge de ce dernier avant que ses sbires aient le temps de réagir ?

Voir mourir le mercenaire lui procurerait une ultime satisfaction...

— Quel fin observateur ! ricana Jarlaxle. Je m'en tiens à ma première idée : tu savais dès le départ que ton clan était condamné.

— Si le Zin-carla échouait.

— Et tu en doutais ?

Une question presque rhétorique.

Dinin hocha la tête.

— Dix ans plus tôt, commença-t-il, presque surpris de raconter tout cela à son bourreau, j'ai assisté au sacrifice de Zaknafein. On aura rarement fait un tel gâchis, *même* à Menzoberranzan !

— Le maître d'armes de la Maison Do'Urden avait une réputation sans égale, admit le mercenaire.

— Et amplement méritée, renchérit Dinin. C'est alors que Drizzt, mon frère...

— Un autre formidable guerrier.

Dinin acquiesça de nouveau.

— Drizzt nous a abandonnés, la guerre sous nos fenêtres. Le mauvais calcul de Malice était évident. J'ai su que la Maison Do'Urden était condamnée.

— Ton clan a vaincu la Maison Hun'ett. Ce n'était pas un mince exploit.

— Uniquement avec l'aide de Bregan D'aerthe, rectifia Dinin. Pendant la majeure partie de mon existence, j'ai vu la Maison Do'Urden grimper dans la hiérarchie sous la main de fer de Matrone Malice. Chaque année, notre pouvoir et notre sphère d'influence augmentaient.

« Les dix dernières années, nous n'avons cessé de faiblir. J'ai vu crouler les fondations de notre clan. La ruine devait suivre. »

— Aussi sage que doué à l'épée, conclut le mercenaire au crâne rasé. Je l'ai dit une fois de Dinin Do'Urden, et il semblerait que les événements me donnent encore raison.

— Si j'ai réussi à te plaire, je ne demanderai qu'une seule faveur. Accorde-la-moi.

— Tu veux une mort rapide et sans souffrance ? demanda Jarlaxle, un grand sourire aux lèvres.

Pour la troisième fois, le fils de Malice hocha la tête.

— Non, c'est impossible ! Il n'est...

Dinin tira son épée en un éclair, prêt à mourir les armes à la main.

Jarlaxle termina sa phrase :

— ... pas question de te tuer.

Ne lâchant pas sa lame, Dinin scruta le visage énigmatique, à la recherche d'un indice.

— Je suis noble. Je suis témoin du raid. Aucune élimination de Maison n'est réussie si un seul noble en réchappe.

— Témoin ? (Jarlaxle éclata de rire.) *Contre la Maison Baenre* ? Dans quel but ?

Dinin en laissa tomber son épée.

— Que va-t-il advenir de moi en ce cas ? Matrone Baenre va-t-elle m'accueillir dans son clan ?

Son ton montrait à quel point cette perspective lui déplaisait.

— Matrone Baenre n'a que faire des mâles, répondit Jarlaxle. Si une de tes sœurs a survécu - et je crois savoir que c'est le cas d'une nommée Vierna -, elle a une chance de se trouver dans la chapelle de Matrone Baenre. Mais cette vieille chouette ne verra jamais d'utilité à garder un mâle comme toi, j'en ai peur.

— Alors quoi ?

— Je connais ta valeur, continua Jarlaxle.

Il désigna du regard les sourires entendus qu'affichaient ses hommes autour d'eux.

— Bregan D'aerthe ? *Moi, un noble*, devenir un bandit sans foi ni loi ?

Vif comme l'éclair, Jarlaxle lança une dague sur le cadavre. La lame se ficha jusqu'à la garde dans le dos de feu Malice.

— Bandit de grand chemin, ou macchabée ? C'est toi qui vois...

Le choix fut facile.

*
* *

Quelques jours plus tard, Jarlaxle et Dinin jetaient un dernier regard sur le portail en ruine de la Maison Do'Urden.

— Combien éphémère est la puissance..., soupira Dinin. C'est toute ma vie que tu vois là. Et il n'en reste rien.

— Oublie le passé, conseilla Jarlaxle. (Il fit un clin d'œil.) Sauf ce qui pourra t'être utile à l'avenir.

Dinin balaya la scène du regard, puis sa tenue.

— Mon armure ? Mon entraînement ?

— Ton frère.

— Drizzt ?

Un nom maudit qui réveillait ses angoisses !

— Il semble qu'il y ait encore le problème de ton frère à résoudre. Ce serait une offrande de choix à la Reine Araignée.

— Drizzt ? répéta Dinin, interloqué.

— Pourquoi cet air surpris ? Ton frère est toujours vivant, n'est-ce pas ? Autrement, Matrone Malice serait encore de ce monde !

— Quelle Maison pourrait-il intéresser ? demanda Dinin. Qu'est-ce qu'une affaire personnelle pour Matrone Baenre ?

Jarlaxle éclata de rire.

— Bregan D'aerthe peut faire cavalier seul. Nous n'avons pas toujours besoin d'être guidés par une lignée reconnue.

— Tu envisages de traquer mon frère ?

— Cela pourrait être l'occasion rêvée, pour toi, de faire tes preuves au sein de ma petite famille... Qui d'autre serait mieux désigné pour capturer le renégat qui entraîna la ruine de la Maison Do'Urden ? La valeur de ton frère a encore été multipliée par l'échec du Zin-carla.

— J'ai vu ce que Drizzt est devenu, dit Dinin. Le coût de sa capture sera trop élevé.

— Mes ressources sont illimitées, répondit Jarlaxle, sûr de lui. Aucune perte n'est trop élevée si les gains le sont plus encore.

Le mercenaire se tut pour laisser tout loisir à son compagnon de contempler les décombres de son ancien palais.

— Non, déclara brusquement Dinin.

Jarlaxle se tourna vers lui.

— Je ne me lancerai pas à la poursuite de Drizzt.

— Tu es désormais au service de Jarlaxle, le maître de Bregan D'aerthe, lui rappela calmement le mercenaire.

— Comme j'ai été au service de Malice, Matrone de la Maison Do'Urden, répondit Dinin, tout aussi calme. Je ne m'y risquerais pas pour obéir à ma mère, si elle était encore de ce monde... (Il regarda Jarlaxle dans les yeux, sans se soucier des conséquences de sa déclaration.) Je ne m'y risquerais pas non plus pour toi.

Un long moment passa.

En temps normal, le mercenaire ne tolérait aucune insubordination. Mais la détermination de Dinin était impressionnante. Jarlaxle l'avait accepté au sein de Bregan D'aerthe car il faisait grand cas de l'expérience du garçon et de son habileté de bretteur. En toute logique, il ne pouvait ignorer ses exhortations à la prudence.

— Je pourrais décider sur-le-champ ta mise à mort... Une mort *lente*, maugréa Jarlaxle, davantage pour étudier ses réactions qu'autre chose.

Il n'était pas dans ses intentions de gâcher de tels talents.

— Elle ne serait pas pire que la fin que je trouverais entre les mains de Drizzt, répondit Dinin.

Un autre long moment passa. Le mercenaire réfléchit. Il avait peut-être intérêt à reconsidérer ses plans.

— Allons, mon brave, conclut Jarlaxle, retournons chez nous, dans les rues de la ville, pour apprendre quelles futures aventures nous attendent.

CHAPITRE XXVI

UNE VOÛTE CONSTELLÉE DE LUMIÈRES

Belwar courut rejoindre son ami. Drizzt ne vit pas approcher le Svirfneblin. Il s'agenouilla sur la corniche, le regard rivé sur le point où avait disparu le corps de Zaknafein. L'acide bouillonnait ; la garde calcinée d'une épée apparut avant d'être engloutie sous l'opaque manteau.

— Il n'était pas vraiment mort, chuchota Drizzt à Belwar. Tout ce temps, il restait un peu de son esprit, de son âme... Mon père.

— Quel risque tu as pris, elfe noir ! répondit le gardien-piocheur. Quand tu as baissé tes armes, j'aurais juré qu'il allait t'empaler.

— Il était là... tout le temps. Et tu me l'as prouvé, ajouta-t-il en se tournant vers le Svirfneblin.

Le visage du gnome se plissa d'incompréhension.

— On ne peut extirper l'esprit du corps, expliqua l'elfe. Pas dans la vie. (Il regarda de nouveau l'acide.) Et pas non plus dans la « non-vie ». Durant mes années de solitude en Ombre-Terre, j'ai cru avoir perdu mon identité. Mais tu m'as montré qu'il n'en était rien. Le cœur de Drizzt a toujours battu dans cette poitrine ; il ne m'a pas trompé quand j'ai senti la présence de mon père.

— D'autres forces étaient impliquées cette fois, observa Belwar. Je n'en aurais pas été si sûr, pour ma part.

— Tu n'as pas connu Zaknafein.

Drizzt se releva ; les larmes qui roulaient sur ses joues désavouaient le grand sourire qui ourlait ses lèvres.

— Moi si, poursuivit-il. C'est l'esprit, et non les muscles, qui dirige l'épée ; seul celui qui fut Zaknafein aurait pu se mouvoir avec tant de grâce. Un terrible dilemme lui a donné la force de résister à ma mère.

— Et c'est toi qui as créé ce dilemme, commenta Belwar. Détrôner Matrone Malice ou tuer son propre fils. (Le gnome secoua sa tête chauve et plissa le nez.) *Magga cammara*, mais tu es courageux, elfe noir ! Ou stupide !

— Ni l'un ni l'autre. J'ai eu foi en Zaknafein, voilà tout.

Il se tut, le regard perdu dans le lac d'acide.

Belwar respecta son silence. Il attendit que son ami ait terminé sa muette oraison funèbre. Quand Drizzt releva la tête, le gnome lui fit signe de le suivre.

— Viens, l'invita-t-il. Viens voir notre ami mort, et la vérité de ce qu'il était.

Drizzt se dit que le Pech avait été une belle créature ; un sourire paisible adoucissait les traits, figés pour toujours, de celui qui avait enduré tant de tourments. Belwar et l'elfe prononcèrent quelques mots, à l'intention d'éventuelles divinités qui pourraient prêter une oreille à leurs prières. Puis ils livrèrent la dépouille du Pech au lac d'acide, plutôt que laisser la vermine et les charognards se repaître de son cadavre.

Les deux amis repartirent seuls, comme ils l'avaient fait en quittant la cité des gnomes. Ils atteignirent Blingdenstone quelques jours plus tard.

Malgré leur joie de les revoir, les gardes des gigantesques portes ne surent pas comment les accueillir. Ils les laissèrent passer quand l'illustre gardien-piocheur leur eut donné sa parole qu'ils se rendraient immédiatement auprès du roi Schnicktick.

— Cette fois, il permettra que tu restes avec nous, elfe noir, dit Belwar. Tu as vaincu le monstre.

Il laissa Drizzt dans sa maison, jurant qu'il serait bientôt de retour avec les salutations du roi.

Drizzt n'en était pas si sûr. L'ultime avertissement de Zak résonnait encore à ses oreilles : jamais Matrone Malice ne s'avouerait vaincue, jamais elle n'abandonnerait la partie. Beaucoup d'événements étaient survenus au cours des semaines passées loin de Blingdenstone. Pour autant qu'il sache, la menace restait réelle. Mais il avait consenti à suivre Belwar, parce qu'il y voyait un premier pas nécessaire pour le plan qu'il avait mis au point.

— Combien de temps encore devrons-nous affronter Matrone Malice ? se lamenta Drizzt. (Il parlait à voix haute pour tenter de se convaincre lui-même.) Ni elle ni moi n'avons à y gagner, mais c'est la manière de faire des Drows, n'est-ce pas ?

« Tu me traqueras sans trêve ni repos, Malice, jusqu'à ce que l'un ou l'autre perde tout. A Menzoberranzan, point de pitié. Cela irait contre les diktats de la Reine Araignée.

« Ainsi va Ombre-Terre, ton monde d'ombres et de désolation. Mais ce n'est pas *tout* l'univers, Matrone Malice. Je verrai bien si tu as le bras long si long que cela ! »

Il resta assis longtemps, à méditer. Il se remémora ses premières leçons à l'Académie. Il s'efforça de trouver un indice qui lui permettrait de croire que tout ce qu'il avait entendu à propos du monde de la surface n'était que purs mensonges, fabriqués de toutes pièces. Mais les fables enseignées par les maîtres avaient été peaufinées au fil des siècles ; leur logique interne était sans faille. Drizzt comprit que là encore, il était réduit à suivre son instinct.

Quand Belwar fut de retour, l'air sombre, la décision de Drizzt était prise.

— Entêté, tête d'orc... ! grinça dans sa barbe le gardien-piocheur furieux.

Drizzt l'accueillit d'un éclat de rire.

— Ils refusent d'entendre parler de ton retour à Blingdenstone ! beugla le gnome, pour lui ôter toute envie de rire.

— T'attendais-tu *vraiment* à autre chose ? Mon combat n'est pas terminé, cher Belwar. Croyais-tu que ma famille serait si facilement vaincue ?

— On va retourner dehors, gronda-t-il. Le *généreux*... (il prononça l'adjectif d'un ton sarcastique) ... roi Schnicktick a consenti à t'accorder l'asile pour une semaine. *Une semaine* !

— Quand je partirai, je partirai seul, l'interrompit Drizzt. (Il sortit la figurine d'onyx de sa bourse.) Presque seul, rectifia-t-il.

— On s'est déjà disputés à ce propos, elfe noir, lui rappela-t-il.

— C'était différent.

— Ah oui ? Survivras-tu mieux seul en Ombre-Terre maintenant ? Aurais-tu oublié les tourments de la solitude ?

— Je ne retourne pas en Ombre-Terre.

— Tu veux dire que tu vas rentrer à Menzoberranzan ? s'écria le gardien-piocheur, au comble de l'effroi.

Il renversa son tabouret en bondissant sur ses

pieds.

— Non, jamais de la vie ! répartit Drizzt en riant. Jamais je ne retournerai à Menzoberranzan, à moins d'y être traîné par les sbires de Matrone Malice !

Le Svirfneblin ramassa son tabouret et reprit place, curieux de connaître la suite.

— Pas plus que je ne resterai en Ombre-Terre, reprit l'elfe. C'est le monde de Malice, plus adapté au sinistre cœur d'un véritable Drow.

Belwar commençait à comprendre... Et il n'en croyait pas ses oreilles !

— Qu'es-tu en train de dire ? Où veux-tu donc aller ?

— A la surface, fit l'elfe, placide. (Belwar bondit de nouveau ; le tabouret se renversa, projeté encore plus loin.) Je m'y suis rendu une fois. (Sa détermination calma le Svirfneblin.) J'ai pris part à un massacre. Dans mes souvenirs, seules les actions de mes compagnons sont source de douleur pour moi. Les parfums de ce monde, la fraîche caresse du vent sur ma peau ne me communiquent aucune appréhension.

— La surface, marmonna Belwar. *Magga cammara*. Je n'aurais jamais imaginé m'y rendre un jour... Ce n'est pas la place d'un Svirfneblin. (Il heurta la table du poing, souriant soudain.) Mais si Drizzt y va, Belwar ira aussi, comme toujours !

— Drizzt ira seul, dit l'elfe. Comme tu viens de le dire, la surface n'est pas la place d'un Svirfneblin.

— Ni d'un Drow, fit remarquer le gnome.

— Je ne sors pas vraiment du moule à fabriquer les Drows... Mon cœur ne bat pas au même rythme que le leur ; leur foyer n'est pas le mien. Jusqu'où devrais-je m'enfoncer dans les tunnels pour être à l'abri de ma famille ? Et si, dans ma fuite, je tombais sur une autre grande cité d'elfes noirs - Ched Nasad, par exemple -, ces Drows-là ne reprendraient-ils pas le flambeau pour gagner les faveurs de leur déesse ? Non, Belwar : je ne connaîtrai jamais le repos dans ce monde sinistre. Toi, tu seras malheureux, je le crains, de ne plus vivre à l'unisson des roches. Ta place est ici, entouré de la déférence et de la bienveillance des tiens.

Un long moment, Belwar resta assis, à peser ce que l'elfe venait de dire. Si son ami le demandait, il partirait, c'était certain. Mais il n'avait pas *envie* de quitter Ombre-Terre, c'était un fait... Quant à retenir Drizzt, *une pareille tête de mule*... Un elfe noir aurait bien du fil à retordre à la surface. Mais valait-il mieux être traqué sans pitié ?

Belwar sortit la broche lumineuse d'une poche.

— Prends ça, elfe noir, dit-il d'une voix douce. Garde-la en souvenir de moi.

— Je ne t'oublierai jamais, pour tous les siècles qu'il me reste à vivre, promit Drizzt. Pas un seul jour ne passera sans que je pense à toi.

*
* *

La semaine passa trop vite pour Belwar, qui ne voulait pas voir partir son ami. Le gardien-piocheur savait qu'il ne le reverrait jamais ; il savait aussi que Drizzt avait pris une sage décision. Mais il voulait que l'elfe banni ait toutes les chances de son côté. Il paya donc de sa poche toutes les choses dont il pourrait avoir besoin, les choisissant de la meilleure qualité.

Il lui offrit ensuite un cadeau plus précieux encore.

A l'occasion, les gnomes des profondeurs se rendaient à la surface ; le roi Schnicktick avait en sa possession plusieurs copies, grossièrement dessinées, de cartes des tunnels qui menaient au monde extérieur.

— Le voyage te prendra plusieurs semaines, dit Belwar quand il lui tendit le parchemin. Mais je crains que tu ne trouves jamais ton chemin sans cette carte.

Drizzt déroula le parchemin avec des mains tremblantes. C'était vrai ! Il se surprit à espérer de nouveau. Il allait vraiment monter à la surface ! Il eut envie de dire à Belwar d'oublier ses paroles, et de venir avec lui... Comment abandonner pareil ami ?

Mais ses principes l'avaient mené jusque-là. Ils lui interdisaient un tel égoïsme.

Il quitta Blingdenstone le jour suivant, avec la promesse de retourner voir Belwar si d'aventure il repassait par là.

Tous deux savaient qu'il ne reviendrait jamais.

*
* *

Les jours et les semaines s'écoulèrent sans incidents. Parfois, Drizzt utilisait la broche magique que lui avait remis Belwar. Le plus souvent, il restait dans les ténèbres. Coïncidence ou caprice du destin, il ne croisa aucun monstre. Peu de choses avaient changé en Ombre-Terre ; même si le parchemin était vieux, voire antique, la route restait facile à repérer et à suivre.

Le trente-troisième jour, peu après qu'il eut levé le camp, Drizzt sentit un air plus léger ; il retrouva la sensation de fraîcheur portée par le vent qui l'avait tant marqué, lors de la sinistre expédition menée par son frère Dinin.

Il tira de sa poche sa figurine d'onyx et appela

Guenhwyvar. Les deux amis reprirent la route, un peu inquiets. La voûte allait disparaître d'un instant à l'autre. Désormais, c'est le ciel qu'ils auraient au-dessus de leurs têtes.

Ils arrivèrent dans une petite grotte ; les ténèbres, au-delà, n'étaient plus si épaisses. Retenant son souffle, Drizzt avança, le félin sur les talons.

Les étoiles brillaient au travers des coulées cotonneuses des nuages. L'argent de la lune filtrait d'un nuage plus épais, diffusant ses lueurs blafardes sur le monde. Le vent hurlait sa complainte des cimes. Drizzt avait débouché sur une grande montagne au coeur d'une vaste chaîne.

La morsure de la brise ne l'incommodait pas. Il resta immobile, fasciné par la course paisible des nuages vers la lune.

Guenhwyvar se tenait à son côté, impartial.

Drizzt savait que son ami ne le jugerait jamais.

Bulletin d'abonnement

Tous les deux mois
vous découvrirez des reportages
vous présentant des univers imaginaires
comme s'ils étaient rééls …

À renvoyer à DRAGON® Magazine, 115 rue Anatole France, 93700 Drancy

----

BULLETIN D'ABONNEMENT
(à remplir en majuscules)

Nom _____ Prénom _____

Adresse _____

_____

Je m'abonne à DRAGON® Magazine pour un an (6 numéros) au prix de :

❏ 175 FF seulement (au lieu de 210 FF au numéro) pour la France métropolitaine,
❏ 200 FF pour l'Europe (par mandat international uniquement)
❏ 250 FF pour le reste du monde (par mandat international uniquement)

Je joins mon chèque au bulletin d'abonnement et j'envoie le tout à
DRAGON® Magazine, 115 rue Anatole France, 93700 Drancy

Retrouvez les héros des grandes sagas des Royaumes avec

Un monde d'aventure et de magie pour les règles avancées de Donjons & Dragons ®

JEUX DESCARTES
1, rue du Colonel Pierre Avia
75503 Paris cedex 15

EN ROUTE VERS L'AVENTURE !

POUR TOUT SAVOIR SUR L'UNIVERS PASSIONNANT DES JEUX DE RÔLE

le Premier Magazine des Jeux de Simulation

CASUS Belli vous présente
- Nouveautés
- Conseils
- Aides de jeu
- Scénarios
- Jeux en encart
- Panorama ludique international

et, dans chaque numéro...
DESTINATION AVENTURE :
rubrique pratique et scénario pour joueurs débutants.

Tous les deux mois en kiosque. 35F.

LISTE des MAGASINS PARTENAIRES
PASSION Jeux de Rôles

FRANCE

13 - BOUCHES DU RHÔNE
CRAZY ORQUE SALOON
11 rue Jean Roque, 13001 Marseille
Tel: 91 33 14 48

LE DRAGON D'IVOIRE
64 rue Saint-Suffren, 13006 Marseille
Tel: 91 37 56 66

21 - CÔTE D'OR
EXCALIBUR
44 rue Jeannin, 21000 Dijon
Tel: 80 65 82 99

25 - DOUBS
CADOQUAI
7 quai de Strasbourg, 25000 Besançon
Tel: 81 81 32 11

31 - HAUTE GARONNE
JEUX DU MONDE
Centre commercial Saint-georges, 31000 Toulouse
Tel: 61 23 73 88

33 - GIRONDE
LE TEMPLE DU JEU
62 rue du pas Saint-Georges, 33000 Bordeaux
Tel: 56 44 61 22

34 - HÉRAULT
EXCALIBUR
8 rue Cauzit, 34000 Montpellier
Tel: 67 60 81 33

LIBRAIRIE DES JOURS MEILLEURS
8 promenade Jean Baptiste Marty, 34200 Sète
Tel: 67 74 86 99

35 - ILLE-ET-VILAINE
L'AMUSANCE
Centre commercial des Trois Soleils,
35000 Rennes
Tel: 99 31 09 97

38 - ISÈRE
EXCALIBUR
18 rue Champollion, 38000 Grenoble
Tel: 76 63 16 41

44 - LOIRE-ATLANTIQUE
BROCÉLIANDE
2 rue J.-J. Rousseau, 44000 Nantes
Tel: 40 48 16 94

51 - MARNE
EXCALIBUR
9 rue Salin, 51100 Reims
Tel: 26 77 91 10

54 - MEURTHE-ET-MOSELLE
EXCALIBUR
35 rue de la commanderie, 54000 Nancy
Tel: 83 40 07 44

57 - MOSELLE
LES FLÉAUX D'ASGARD
2 rue Saint-Marcel, 57000 Metz
Tel: 87 30 24 25

59 - NORD
ROCAMBOLE
41 rue de la Clé, 59800 Lille
Tel: 20 55 67 01

67 - BAS-RHIN
PHILIBERT
12 rue de la Grange, 67000 Strasbourg
Tel: 88 32 65 35

69 - RHÔNE
LE TEMPLE DU JEU
268 rue de Créqui, 69007 Lyon
Tel: 72 73 13 26

74 - HAUTE-SAVOIE
VIRUS
13 rue Filaterie, 74000 Annecy
Tel: 50 51 71 00

75 - PARIS
TEMPS LIBRE
22 rue de Sévigné, 75004 Paris
Tel: (1) 42 74 06 31

GAMES IN BLUE
24 rue Monge, 75005 Paris
Tel: (1) 43 25 96 73

76 - SEINE MARITIME
LE DÉ D'YS
160 rue Eau de Robec, 76000 Rouen
Tel: 35 15 47 46

86 - VIENNE
LE DÉ À TROIS FACES
35 rue Grimaud, 86000 Poitiers
Tel: 49 41 52 10

87 - HAUTE-VIENNE
LA LUNE NOIRE
3 rue de la boucherie, 87000 Limoges
Tel: 55 34 54 23

94 - VAL-DE-MARNE
L'ECLECTIQUE
Galerie Saint-Hilaire
94210 La Varenne Saint-Hilaire
Tel: (1).42 83 52 23

EUROPE

SUISSE
AU VIEUX PARIS
1 rue de la Servette, Genève 1201
Tel: 41 22 734 25 76

DELIRIUM LUDENS
Rüschli 17/CP 677, CH 25 02 Bienne
Tel: 41 32 236 760

BELGIQUE
CHAOS
Galerie Gerardrie, 4000 Liège
Tel: 32 41 212 920

Les Magasins **PASSION Jeux de Rôles**
sont des spécialistes des jeux de rôles,
des jeux de plateau et des wargames,
demandez-leur le catalogue.

*Achevé d'imprimer en mars 1997
sur les presses de Cox & Wyman Ltd
(Angleterre)*

FLEUVE NOIR – 12, avenue d'Italie
75627 PARIS – CEDEX 13.
Tel: 01.44.16.05.00

Dépôt légal : juin 1995.
Imprimé en Angleterre